TROY

Het vergeten eiland

SASHA TROYAN

Het vergeten eiland

vertaald door

Bert Meelker

Pimento

Oorspronkelijke titel: *The Forgotten Island*

Omslagontwerp: Studio Jan de Boer
Foto voorzijde omslag: Clarissa Leahy/Getty Images
Typografie en zetwerk: Steven Boland
ISBN 90 499 9990 5
NUR 302

Pimento BV is onderdeel van Foreign Media Group

1

Elke zomer gingen we terug naar Bella Terra, een eilandje voor de kust van Italië dat door winden werd gegeseld: de koude mistral uit het noorden of de hete sirocco uit Afrika. Volgens een oude legende waren de winden op het eiland geboren. Het water was zo helder dat je vanuit het vliegtuig recht tot aan het witte zand keek. Ergens halverwege een heuvel hadden mijn ouders een villa gebouwd. De villa was oker geschilderd, dezelfde kleur als de rotsen waaruit ze was gehouwen, en zou zonder de felpaarse bougainville op het dak of de slingers van *amanti del sole* en witte gardenia's tussen de veranda en de muur achter in de tuin, volledig tegen de heuvel zijn weggevallen.

Onze villa had aan twee kanten uitzicht over zee; aan de ene kant, heel in de verte, zag je een groepje eilanden, waarachter zee en hemel in elkaar overliepen; aan de andere kant daalde een golfbaan eindeloos af naar het turkooizen water van het Piccolo Pevero, waar mijn zus Lea en ik hadden leren zwemmen. De golfbaan was zo groen dat het bijna ongepast leek op een eiland dat voornamelijk dor en bruin was en met struiken en rotsen bedekt. Bomen groeiden er maar weinig, en dan nog voornamelijk cipressen; slechts de tuinen van de rijken en de hotels konden zich sproeiers veroorloven.

Elk jaar bij terugkomst troffen we het eiland zo goed als onveranderd aan. Er was een syndicaat dat strikt de hand hield aan het aantal te bouwen landhuizen en hotels en zelfs hun hoogte en kleur bepaalde.

De laatste zomer dat we terugkwamen was alles precies zoals we ons herinnerden, behalve dat er nu een superringweg om het havenstadje Dolia liep. We werden met een grote boog om kades en nauwe straatjes met geblindeerde huizen heen geleid.

Als kind was ik teleurgesteld geen glimp meer op te vangen van de reusachtige schepen en het wasgoed aan de lijnen, maar blij met de bekorting van onze reis. De rit van het vliegveld naar de villa had mij altijd veel te lang toegeschenen.

De dag dat we aankwamen was het eiland ingepakt in een deken van mist. De taxichauffeur beklaagde ons. Ze hadden twee weken achter elkaar fantastisch weer gehad. '*Sole senza vento,*' zei hij. 'Zon, en windstil.' Hij maakte een grapje en zei dat het onze schuld was. Hij draaide zich om naar moeder, staarde haar aan. 'U bent geen Italiaanse,' zei hij. '*Una straniera*. Net als Catherine Deneuve. Frans.' Hij moet de labels aan onze koffers hebben gezien. Lea en ik hadden daarop met alle geweld M. et Mme. Dashley, 28 Rue Guynemer, Paris 75006, France willen invullen.

'Nee,' zei vader, antwoord gevend voor moeder. 'Ze is een Zuid-Afrikaanse.'

Vanaf het moment dat de taxichauffeur had gevraagd: 'Maar bent u Amerikaan?' – daarmee de suggestie wekkend dat vaders Italiaanse accent te goed was om hem voor een Amerikaan te houden – was vader hem gaan mogen. Ik had het niet op het schrale stoppelveld dat het benige hoofd van de taxichauffeur bedekte en evenmin op zijn synthetische blauwe overhemd met roze konijntjes.

Moeder had niet gewild dat vader deze taxi nam, en net als zij begreep ook ik niet waarom hij hem had gekozen. Hij was veel kleiner dan de andere taxi's, en de achterraampjes konden niet open. Ik zat stijf ingeklemd tussen Lea en moeder, die zich vasthield aan de stoel van de taxichauffeur. Ondanks de lange reis vertoonde haar blouse niet het minste kreukje en zat haar blonde haar in een strakke knot. Vader zat voorin vanwege zijn lange benen. Zijn hoofd kwam bijna tot aan het dak van de auto en telkens als we over een hobbel gingen vroeg ik me af of hij ertegenaan zou stoten.

'Dure camera,' merkte de taxichauffeur op, wijzend naar vaders Leica. 'Bent u foto–'

'Nee, ik ben–,' antwoordde vader.

'Laat me raden,' zei hij. 'U zit in de filmbusiness–'

'Tijdschriftenbranche, ben ik bang,' zei vader.

'Verslaggever?'

'Nee, ik geef ze uit.'

'Maar goed ook. Ze hebben het niet op verslaggevers hier op het eiland.'

'Waarom niet?' vroeg vader.

'Al die beroemde mensen. Alleen de rijken vieren vakantie aan de Costa Paradiso.'

'Nou, wij zijn niet beroemd,' zei moeder.

De taxichauffeur knipoogde naar moeder in de achteruitkijkspiegel, als om te zeggen dat hij haar niet geloofde. Moeder moest wel een beroemde actrice of zangeres incognito zijn.

Ze droeg een bruinlinnen pakje dat haar blonde haar extra deed uitkomen, en witte sandalen met dikke rubberen zolen. 'Het enige wat er nog aan mankeert is een verpleegsterskapje, voor bij die witte schoenen,' had vader die ochtend gezegd. Zelfs op mijn elfde zag ik in dat hij gelijk had, maar ik vond moeder altijd mooi, wat ze ook aanhad. Nu ben ik geneigd te denken dat moeders stijlbreuken, zoals vader ze noemde, opzettelijk waren. Bijna altijd ondermijnde ze het effect van haar elegante kleding door er iets ongerijmds bij aan te trekken.

Het is de vraag of de taxichauffeur deze stijlbreuk in de gaten had. 'Net zussen,' zei hij.

Ik bloosde van genoegen, heel even in de veronderstelling dat hij Lea en mij bedoelde, maar realiseerde me toen dat hij het over Lea en moeder had.

Lea reageerde niet. Ze bleef met haar wang stijf tegen het smoezelige raampje zitten. Ze droeg de dure zonnebril die vader voor haar had gekocht. Het was een bril voor grote mensen, zoals ze in het begin van de jaren zeventig in de mode waren, met een zwart montuur en een zilveren maansikkeltje op beide hoeken. De donkerbruine glazen maakten haar gezicht kleiner en gaven haar iets libelachtigs.

Moeder voelde in haar bruine leren tas met de houten sluiting en fluisterde toen dat ze haar zonnebril op de bar van de coffeecorner op het vliegveld moest hebben laten liggen, waar zij en vader een espresso hadden staan drinken, niet tegen vader zeggen.

Vader probeerde een houten kruis te ontwarren uit een stel foto's van vrouwen die aan de achteruitkijkspiegel bungelden.

'Mijn vrouw en dochters,' zei de taxichauffeur.

'Ja ja.'

'*Sì, sì, sì*,' zei de chauffeur, en lachte. 'De anderen...' Hij voelde in zijn zak. In een flits zag ik zijn portefeuille openklappen, om een heel scala van vrouwen te onthullen. '*Ah e donne*!'

'Ja ja, *e donne*!' zei vader, terwijl hij plagend in de achteruitkijkspiegel keek om moeders blik te vangen.

Moeder lachte niet. Ze verstevigde haar greep om mijn pols. Ze mompelde iets in het Frans over Italiaanse chauffeurs. 'Hoe komt hij erbij om die auto in te halen?' vroeg ze. 'Hij kan niet zien wat er voorbij de bocht is. Zeg alsjeblieft dat-ie zijn ogen op de weg houdt.'

'Waarom zeg je dat niet zelf tegen hem?' zei vader.

'Ik zag *la più bella donna 'sta mattina*,' vervolgde de chauffeur. '*Quasi* zo mooi als *la signora*, ook blond. En een paar ongelooflijk...' Op dit punt nam hij beide handen van het stuur om de omvang van haar borsten aan te geven. Vader lachte ongemakkelijk en boog zich vervolgens voorover om de radio aan te zetten, die krakend tot leven kwam. Ondertussen mompelde hij iets tegen de chauffeur, die knikkend '*Scusi, scusi*,' zei in de richting van de achterbank. Voorbij de volgende heuvel zou de radio het beter doen, verzekerde hij vader. De bewegingen van de taxichauffeur waren schokkerig, zelfs zijn manier van rijden was het: afwisselend hard op de rem en gas geven.

Ik begon me licht in het hoofd te voelen, en misselijk. Het zweet stond op mijn voorhoofd. De brede asfaltbaan was al te plotseling overgegaan in een smalle weg waar je geen andere auto's mocht inhalen, maar wat iedereen toch deed. Het was de ene scherpe bocht na de andere, rond steile hellingen en over smalle bergpassen. De afgrond naar de zee was duizelingwekkend. Mijn ongemak werd nog verhoogd doordat we de raampjes achterin niet konden opendraaien. Het was drukkend, ondanks de grijze lucht.

'Ik voel me misselijk,' fluisterde ik tegen moeder.

'Wil je het raampje opendoen?' vroeg moeder aan vader. Hij draaide het op een kier. Nu kon hij de radio niet meer horen. En toen hij ten slotte een zender te pakken had, draaide hij het raampje weer dicht.

Opnieuw fluisterde ik: 'Ik ben zo misselijk.'

Hij draaide het een paar centimeter naar beneden, en binnen de kortste keren weer omhoog. Hij en de taxichauffeur gingen helemaal op in de wedstrijd op de radio. Vader was voor de Fransen, niet omdat het hem echt kon schelen of ze wonnen maar domweg om de chauffeur te plagen. Moeder steunde de Italianen omdat zij altijd voor het verliezende team was.

Ik bleef hijgend ademhalen, slikte mijn speeksel weg. Ten slotte was het Lea die tegen vader riep: 'Als we nóú niet stoppen gaat ze overgeven.'

De auto kwam met een plotselinge schok tot stilstand aan de rand van een klif. Ik stommelde achter moeder aan naar buiten. Ik kotste een dorre struik onder. Zij stond naast me, trok haar jasje dichter om zich heen. Haar ogen waren strak op de horizon gericht. Maar er was niemand te zien. Alleen het klif en de zee. Ik pakte haar hand want ik wist dat ze zich ergerde aan vader.

Toen we weer in de auto stapten, zat Lea nog steeds met haar gezicht tegen het raam. Ze hield zich buiten het gesprek. Sinds het vertrek uit ons huis in Parijs hadden onze ouders aan één stuk door ruziegemaakt. In de auto onderweg naar het vliegveld hadden ze ruzie omdat vader te laat was. Op het vliegveld kregen ze ruzie toen vader zich realiseerde dat moeder toch het attachékoffertje had vergeten dat hij haar tot drie keer toe had gevraagd mee te nemen. In het vliegtuig ruzieden ze omdat moeder er niet aan had gedacht een voorkeur voor onze zitplaatsen op te geven, met als gevolg dat we in het rokersgedeelte terechtkwamen, naast de pantry, waar moeder nog het minst op haar gemak was omdat ze niet rookte, maar waar vader zich beklaagde omdat de stewardess telkens als ze langskwam tegen hem aanbotste. Moeder had hem haar stoel aangeboden, maar vader moest aan het gangpad zitten vanwege zijn lange benen. Moeder had zelfs aangeboden om mij naast zich te nemen, maar tegen die tijd mochten we al niet meer opstaan uit onze stoel. De enige pauze in hun geruzie kwam toen het vliegtuig door elkaar werd geschud door de luchtzakken. Drankjes gingen over de vloer. IJsblokjes verdwenen in de blouse van de vrouw naast ons, aan de overkant van het gangpad. Lea was de enige die plezier had. Ze genoot van het venijnige dalen, het plotselinge stijgen en de angstige uitroepen van passagiers. 'Net als in de achtbaan,' zei ze. Ik zat zo stil als ik kon, met mijn kotszakje in de aanslag.

Nu, in de auto, lachte Lea niet als ze tegen me aan werd geslingerd in de bochten. Van tijd tot tijd wierp ze een blik op het kleine gouden polshorloge dat ze pas van vader had gekregen voor haar dertiende verjaardag, of ze wees op een rotsformatie die ze meende te herkennen van de vorige zomer. 'Kijk, daar is de valkenrots,' riep ze uit. 'De hoed. De reus.' Veel te herkennen viel er niet voor haar. Dit stuk van het eiland was ons onbekend. We waagden ons nauwelijks buiten het kleine gebiedje rondom onze villa.

De taxichauffeur wees op een *nuraghe*. Lea zei dat ze hem zag en daarna zag vader hem ook. Ik wist niet waar ik op moest letten. Het enige wat ik zag waren weilanden met stenen muurtjes eromheen en in kringen bij elkaar staande schapen onder boompjes. Na de weilanden namen we een bocht en kwamen plotseling in een geblakerd stuk, waar sommige bomen nog slechts stompjes waren, terwijl andere niet meer dan een paar takken overhadden, die als verschrompelde armen naar de hemel wezen. De lucht van verbrand hout drong zich aan ons op. De taxichauffeur vertelde dat er een verschrikkelijke brand had gewoed. Een heel gezin was omgekomen, ingesloten in hun auto.

'Wat is dat, een *nuraghe*?' vroeg ik. 'Ik kan me er–'

'Sst,' deed moeder, terwijl de taxichauffeur een hand van het stuur nam om in de richting van de *nuraghe* te wijzen. 'Straks komen we allemaal nog om. Dat is gewoon een soort torentje. Er staan duizenden van die dingen op het eiland.'

Ik wilde weten waar die *nuraghes* voor dienden, maar moeder, die kunstgeschiedenis studeerde, zei dat zelfs de archeologen het niet zeker wisten. Een soort graftombe, opgebouwd uit stenen zonder specie. Wat specie was wist ik ook niet, en moeder moest het me uitleggen. Lea wilde stoppen bij de eerstvolgende *nuraghe* die we passeerden.

'Heel eventjes maar,' smeekte ze.

Moeder wilde niet. Er was nergens ruimte om te stoppen, er kon een auto door de bocht komen.

'Het is te gevaarlijk,' zei moeder, en vader zei: 'Zeg, wil je mijn favoriete dochter niet zo dwarszitten?' Zijn manier om ons te plagen, door de ene keer mij zijn favoriete dochter te noemen en dan weer Lea. Die haalde haar schouders op, waarbij er een knoopje op de rug van haar jurk lossprong en het badpak dat ze eronder droeg bloot kwam.

Ik herinner me Lea's jurk. Hij was paars en had pofmouwen met witte manchetten, en de plooien in het bovenstuk waren geregen met felrood garen.

Later zou moeder stug blijven volhouden dat Lea de paarse jurk droeg op de dag dat ze verdween. Maar de politie trof hem aan op een hanger in de kast, te midden van de kleren waarvan alle anderen hadden gezegd dat ze ze aanhad. Vader beweerde bij hoog en bij laag dat ze in badpak en handdoek was. Mevrouw Ashton: een blauw met wit matrozenpakje. Meneer Ashton zei dat hij geen oog had voor dat soort dingen.

Ik hoor het de politie nog steeds zeggen, op die beschuldigende toon, steeds maar weer: '*Nessuno sa*,' niemand die het weet.

Mij vroegen ze niets. Hadden ze het wel gedaan, dan zou ik ze hebben verteld dat ze een witte jurk droeg, geen schoenen – alleen een witte jurk van badstof met een bijpassende bikini. Ze klaagde dat het broekje knelde om haar benen en middel. Ik weet nog dat ze de rok van haar jurk optilde om me de rode moeten te laten zien. Het was een van de jurken waarin ik haar het liefst zag. Ik was elf toen, Lea dertien.

Een regenboog hing boven de poort die toegang gaf tot de villa; de granieten plaat waarop de naam van onze villa had moeten staan was nog leeg. Vader en moeder konden het niet eens worden over een naam. Moeder wilde het Crossways noemen, naar haar ouderlijk huis, terwijl vader het een Italiaanse naam wilde geven: L'Avventura. De taxichauffeur moest en zou onze koffers dragen. Ondanks zijn tengere postuur nam hij twee koffers in iedere hand. Hij complimenteerde vader met de villa door te zeggen dat hij zoiets van zijn leven nog niet had gezien. En hij kende bijna alle villa's in de buurt. Neem die naast de onze, de villa van meneer Peters, een volslagen puinhoop – niet verbazingwekkend omdat iedereen wel wist dat hij... de taxichauffeur wees naar zijn voorhoofd. En die aan de andere kant, van de beroemde schrijver, ja aardig, alleen waren de ramen te smal, en over de tuin was niet nagedacht. Maar onze villa was het helemaal; het enige wat er nog aan ontbrak was een zwembad. Als vader iemand zocht om een zwembad aan te leggen, dan kende hij de juiste man voor de klus. Zelfs nadat vader hem had betaald, inclusief een exorbitante fooi, zoals hij altijd deed, bleef de taxichauffeur nog staan en tuurde de woonkamer in alsof hij wilde dat vader hem een rondleiding gaf. Pas nadat hij verschillende malen met de mouw van zijn overhemd zijn voorhoofd had afgeveegd, vertrok hij.

Vader was verschrikkelijk trots op zijn villa, die hij had ontworpen met de hulp van een beroemde architect van het eiland, trots vooral op zijn tegen de helling aangelegde designtuin. Hij stond erop een rondje te maken. Lea wilde meteen naar het strand. 'Dat had je beloofd,' zei ze, terwijl ze hem glimlachend aankeek en haar zonnebril met een vinger op haar neus op z'n plaats hield.

'Een paar minuten maar,' zei hij. 'Moet je die citroenboom zien.'

'Maar nu schijnt de zon,' zei ze.

'Niet zo zeuren.'

Hij pakte Lea bij de arm, maar ze rukte zich los, holde vooruit en verdween over het steile pad uit het zicht. Ik bleef samen met moeder plakken bij de hortensia's terwijl vader omstandig om zich heen kijkend verder liep. Moeder legde uit dat je voor blauwe hortensia's een zure bodem moest hebben.

De tuin liep over van de geuren van oleander, jeneverbes en lavendel. Het was nog nooit zo overweldigend geweest. De pijnbomen waren wel een meter opgeschoten en de hele veranda was nu overgroeid met wijnranken. Kumquats, gardenia's, blauw loodkruid, verbena en *amanti del sole* tierden welig en trokken zich niets aan van de zorgvuldig ontworpen bloembedden.

De hele zomer heb ik de verbena's voor de *amanti del sole* gehouden, omdat ik vond dat de naam, zonaanbidders, wel moest slaan op de prachtige rood met oranje bloemetjes, terwijl de *amanti del sole* in werkelijkheid de planten met de paarse bloemen en wasachtige groene blaadjes waren die over muren hingen.

De zon schoof van wolk tot wolk en de tuin ging heen en weer tussen zwart-wit en kleur. Moeder zei dat het doodzonde was, al die citroenen die omkwamen. Ze stak een hand uit om er een te plukken die ieder ogenblik leek te zullen vallen, de twijg boog door onder het gewicht van zijn lading, toen Lea tot onze grote schrik uit de struiken te voorschijn kwam.

'Wil je dat nooit meer doen?' zei moeder. Lea had een vuurrode hibiscusbloem achter haar oor gestoken. Ze pakte me bij mijn arm en samen renden we het pad af, langs vader, helemaal tot het eind van de tuin, waar de eucalyptusbomen hun vreemde geur verspreidden.

Ze dook achter een struik. 'Laten we naar het strand gaan,' zei ze.

'Maar daar krijgen we problemen mee,' zei ik, aarzelend, want ik wist dat dit niet was wat ze wilde horen.

'Je bent ook zo'n zeur,' zei ze, op de cynische toon die ze sinds kort tegen mij was gaan aannemen.

'Ik ben geen zeur.'

'Welles.'

Ze duwde me tegen een struik. De harde bladeren krasten over mijn arm. Ik duwde haar terug.

Op dat moment hoorden we de stemmen van onze ouders. We hurkten neer, knieën tegen elkaar aan.

'Hoe kon je?' zei moeder.

'Hij ging toch echt te ver–' en toen schoot vader in de lach. Hij deed de taxichauffeur na door met gekromde handen de omvang van een paar vrouwenborsten aan te geven.

'Dat is het niet, al was het wel ontzettend smakeloos,' zei ze. 'Je weet best wat ik bedoel.'

'Nee, ik heb geen idee. Waar heb je het over? Zeg het dan gewoon.'

'Als je er nu al over wou gaan liegen–'

'Allejezus,' zei hij. 'Stel je niet zo aan...'

Moeder draaide zich om en holde de traptreden op. We wachtten tot het geluid van hun voetstappen was weggestorven voor we de heuvel beklommen, niet over het pad, maar tussen de pijnbomen en de eiken door. Op sommige plekken stonden de bomen zo dicht opeen dat er nauwelijks licht doordrong. De grond lag bezaaid met bruine dennennaalden, die knarsten onder onze voeten. Ik gleed herhaaldelijk uit en wist telkens pas op het laatste moment mijn evenwicht te herstellen door me aan een tak of een boomstam vast te grijpen.

In de villa liet Lea me de naalden uit haar sokken plukken. Ik ging er met mijn neus bovenop zitten en deed mijn best elke naald te verwijderen. Maar sommige waren zo in de wol gekropen dat ik ze er nauwelijks uit kon krijgen, en Lea werd moe van het staan en liet zich op de bank ploffen. Uiteindelijk trok ze simpelweg haar sokken uit, om ze midden in de kamer te laten slingeren. Ze stuurde me weg met de opdracht onze rieten mandjes, snorkels en duikbrillen te halen. Badpakken hadden we al aan. We hoefden alleen onze jurk nog maar uit te trekken. Onze ouders kwamen nog steeds niet uit hun kamer. We luisterden aan hun deur. We hoorden geen enkel geluid, dus zwierven we de hele villa door en keken in alle kamers.

Als kind hield ik erg van de kleuren van de villa: de witte muren, de geglazuurde terracotta tegels, de keukentegels met hun patroon van blauwe bootjes. Het tegelwerk voelde koel aan je voeten. Het huis had iets muffigs nadat het al die maanden potdicht had gezeten. Het meeste van het meubilair, de tafels en zelfs het onderstuk van de bank, was uit graniet van het eiland gehouwen en niet te versjouwen. De rest was van hout, en lichtblauw geverfd: blauwe stoelen, blauwe bedbakken en blauwe nachtkastjes sierden de slaapkamers.

Ik was vooral erg dol op de lichtknopjes van paarlemoeren schelpen, groter dan ik ooit zelf in zee had gevonden, en de glazen lampenkappen, die met roze schelpjes waren belegd.

Terugkijkend, zie ik de villa met andere ogen. Aan de ene kant leek het er erg besloten; elke slaapkamer had zijn eigen badkamer, eigen patio met geraniums in potten, dikke muren. Aan de andere kant, door de vele raampartijen, heb ik nu meer het idee dat je er onvrij en kwetsbaar was. Het huis was bovendien bijzonder onpraktisch, maar ook dat is iets wat ik me nu pas realiseer. Ik herinner me dat de mevrouw die op het huis paste, Adriana, de glazen deuren en de witte tegels in de badkamers en de keuken schoonmaakte. De badkuipen waren zo enorm dat we ze niet vol kregen. De watertoevoer was beperkt en de druk op de leidingen liet altijd te wensen over, zodat je van de douches niet veel meer mocht verwachten dan een gestage drup.

Ten slotte verloor Lea haar geduld en ze klopte aan bij onze ouders met de aankondiging: 'Wij gaan naar het strand.' In dit geval, ook al zou ikzelf het initiatief niet hebben genomen, vond ik haar actie gerechtvaardigd. We vlogen naar buiten, een bochtig asfaltweggetje af en over een houten hek naar een zandpad waar de lucht zwaar was van de geuren van de *macchia*: mirte, rozemarijn en lavendel.

Maar één keer bleven we staan om door een overgroeid laantje en een zee van braamstruiken naar de villa van meneer Peters te turen, dezelfde villa die de taxichauffeur eerder een puinhoop had genoemd. Het huis leek zelfs nog erger verwaarloosd dan de zomer daarvoor, langzaam maar zeker afbrokkelend onder een overvloed aan wijnranken en bougainvilles. De verf op de luiken bladderde. De tuin was totaal verwilderd en overal stonden schilderijen. Verschillende doeken waren gescheurd en er groeiden takken door.

We bleven maar even staan, ongeduldig als we waren om in het water te duiken. 'Wie het eerst op het strand is,' zei Lea, en was weg. Ik rende zo snel ik kon, maar zij was sneller. Ze rende aan één stuk door. Toen bleef ze plotseling staan. We waren ongeveer halverwege. 'Die horen daar niet,' zei ze, naar een paar mensen in de verte wijzend. 'Ze moeten gestraft worden.' Ze gaf me een stok. We slopen naar ze toe. Mijn wangen gloeiden. Ik geloofde niet dat ik het kon. Een vrouw met felrode lippenstift glimlachte naar ons. Lea haalde met een zwaai haar stok te voorschijn en raakte de dame op haar achterste. Ook ik haalde uit vanachter mijn rug en raakte haar vol op de billen. Ze gilde. We gingen er als een gek vandoor, lachend. We keken pas om toen we voorbij de golfbaan waren en een paar passen van het Piccolo Peverostrand.

Lea moest opnieuw lachen, omdat ik mijn handdoek niet af wilde doen. Ik wilde hem vlak bij het water laten zakken. Zij rende het strand over en sprong met een boog in zee, waarbij ze haar knieën tot het laatste moment vasthield: een bommetje. Aan de horizon zagen we een motorboot een waterskiër trekken. De waterskiër roetsjte heen en weer over de golven. Eerst zwommen we in de baai, waar het water ondiep was. Ik hield me vast aan Lea's middel en trappelde met mijn benen terwijl zij schoolslag deed met haar armen. Ik deed alsof we één iemand waren. Zij was de armen, ik de benen. Toen dreef ik op mijn rug in Lea's bellenspoor en voelde het ritme van haar bewegingen in het water, nog steeds onderling verbonden, totdat ze me te ver achter zich liet.

We zwommen voorbij het helderblauwe water naar donkere stukken waar ik me nog nooit had gewaagd, om zee-egelskeletten te zoeken. We konden de verleiding om de skeletten te verzamelen niet weerstaan, ook al wisten we dat ze al na een paar minuten uit het water hun kleur zouden verliezen en een bleke afspiegeling van zichzelf werden. De meeste skeletten waren groen en roze. Ik zie Lea nog steeds voor me terwijl ze onder water omkeert en me gebaart haar te volgen, haar gezicht vreemd en wit achter het glas van haar bril, haar lippen vervormd door de snorkel.

Ze had een paars skelet gezien, een kleine tweeënhalve meter onder het oppervlak, tussen twee met levende zee-egels bedekte rotsen. Lea dook eerst, maar ze greep naast de schelp. Ik wilde niet duiken. Ik was bang dat ik langs de levende zee-egels zou schuren. 'Toe nou,' zei ze, watertrappelend, 'of durf je niet?'

Ik haalde diep adem en dook. Het water werd steeds kouder en donkerder. Het skelet zag ik niet, alleen rotsen en zeewier en toen week een slinger donker zeewier terug als een hand en kreeg ik het in het oog. Ik aarzelde, maar voelde Lea's blik van boven. Ik stak mijn hand uit, probeerde het zeewier niet aan te raken en zag in gedachten hoe de zwarte stekels van de zee-egel zich in mijn vlees boorden. Voorzichtig, met halfopen hand omdat zo'n skelet zomaar kon breken, tilde ik het op.

Ondertussen had ik geen adem meer over en ik trappelde als een bezetene om weer aan de oppervlakte te komen. In mijn haast moet ik mijn hand te ver hebben geopend. Het skelet gleed weg uit mijn greep, maakte een paar schommelbewegingen, zonk en kwam een halve meter verderop in het rif weer neer. Lea zei dat zij het nog een keer zou proberen, maar ik smeekte haar om het niet te doen. Ik wilde terug naar de kant.

Ik keek toe terwijl zij dook, haar paarsrode badpak stak fluorescerend af tegen het zwarte water. Ze kreeg het zonder moeite te pakken en keek nog even naar me om voor ze weer naar boven kwam. Ik wist dat ze dacht: zie je, geen kunst aan.

In plaats van naar het strand terug te gaan, zwom ze nog verder weg. Ik riep haar na, maar ze hoorde me niet of had besloten dat ze hoe dan ook verder wilde gaan. Ik had geen zin om alleen terug te zwemmen. Ik bleef een tijdje watertrappelen en besloot toen naar de kant te gaan omdat ze al veel te ver bij me vandaan was.

De weg terug leek veel langer; de ene inham volgde na de andere. Ik bleef omkijken om te zien of Lea al kwam. Ik had een hekel aan dat zwarte water. Ik kon mijn benen niet eens zien. Ik hield mijn ogen strak op het sprankelende turkooizen water voor me. Af en toe voelde ik iets zachts langs me wrijven. Ik zag een donkere vorm en dacht aan een verhaal van Lea, dat haaien op je afkwamen als je bang was. Ze werden aangetrokken door bloed. Voor de kust van Bella Terra zaten geen haaien, maar een paar jaar eerder waren er twee afgedwaald en in de haven van Dolia terechtgekomen. Verschillende keren heb ik me moeten inhouden om niet te gaan gillen of wild met mijn armen en benen om me heen te gaan slaan.

Toen ik het heldere water bereikte zag ik dat Lea het op de een of andere manier had klaargespeeld om eerder dan ik op het strand te komen. Ze moet een stuk hebben gelopen, binnendoor over land, en alleen de laatste etappe hebben gezwommen.

Ze stond met haar rug naar het strand en was bezig het skelet uit haar bikinibroekje te priegelen. Ze begon net een dun waas van gouden haartjes te krijgen, waar ze me graag de ogen mee uitstak. Ze kreeg ook borsten, die ze me een keer had laten aanraken. Ik noemde ze 'bobbels', om haar te plagen en omdat ze zo aanvoelden.

Ik ben niet achter haar aan gelopen toen ze het strand over huppelde naar de plek waar vader inmiddels in zijn eentje lag.

Van moeder was geen spoor te bekennen. Ik hield mezelf bezig met het zand uit mijn badpak wrijven. Maar uit een ooghoek hield ik haar wel in de gaten. Een paar passen van vader schreeuwde Lea: 'Papa, kijk, ik heb een paars skelet gevonden.' Vader bewoog niet. Hij was kennelijk in de zon in slaap gevallen. Hij had niet aan zijn parasol gedacht en zijn rug was al roze. Het was een van die vreemde spelingen van de natuur dat vader en ik donker waren en toch zomaar verbrandden, terwijl moeder en Lea met hun vlasblonde koppen ongestraft in de zon konden liggen. Lea liep op haar tenen naar vader. Ze boog zich over hem heen en wrong haar lange haar uit zodat er waterdruppels op zijn rug vielen. Hij veerde overeind en riep: 'Wil je dat weleens gauw laten!' Hij probeerde haar benen te grijpen, maar ze ging er lachend vandoor en kwam zand opschoppend over het strand mijn kant opgerend.

Ik richtte me weer op mijn bezigheid. Ik kon met geen mogelijkheid al het zand uit mijn badpak krijgen. Zelfs mijn hoofdhuid zat onder het zand, ik voelde het tussen mijn haarwortels.

'Wil je het niet zien?' vroeg ze. Ik schudde mijn hoofd.

'Ga maar door, hoor,' zei ze. 'Best.'

Toen ik me omdraaide was ze verdwenen. Het paarse skelet lag in stukken op het strand. Ik knielde neer en probeerde het weer in elkaar te passen, maar dat was onmogelijk, en na de scherven in de vorm van een boot te hebben gelegd ben ik naar de duinen geslenterd, waar het zand fijn en zacht was. Hier en daar groeiden netels, maar ze waren heldergeel en vielen goed op.

2

De volgende ochtend zaten we aan de ontbijttafel. We hadden geen echte eetkamer, meer een eetruimte die overliep in de woonkamer. Je moest alleen een paar treden op. Vanuit deze verhoogde positie had je uitzicht op de tuin, met daarachter de golfbaan en in de verte de zee. Lea en ik waren nog in nachtjapon en we hadden net onze toast op. Moeder was tegelijk met ons aangeschoven, maar ze deed niets dan de stukjes mandarijn op haar cornflakes anders leggen.

'Mevrouw Martini, kent u die nog?' vroeg Adriana, terwijl ze op haar strijkijzer leunde. Hoewel ik geen Italiaans sprak, begreep ik het wel. Lea beheerste het heel aardig. Vader en moeder spraken het allebei vloeiend. 'Haar zoon is weer op diefstal betrapt. Schijnt een familiekwaal. De grootvader. Nou ja, die was niet echt van hier. En zijn moeder kwam van het vasteland.'

'Ach, kom nou toch, Adriana,' zei moeder.

'Ach, kom nou toch, Adriana,' zei Lea, moeder imiterend, en ik zei het haar nog eens na: 'Ach, kom nou toch, Adriana.'

'Zo doe je niet tegen je moeder,' zei Adriana. Ze spuugde op het strijkijzer en haalde er een doek over. Ze hervatte haar strijkwerk, met vlugge armbewegingen. Al haar bewegingen waren kordaat, efficiënt, zelfs de manier waarop ze zich door het huis bewoog, met korte kwieke passen, en hoewel ze nauwelijks een meter zestig was, wekte ze de indruk veel groter te zijn. Ze had een imposante boezem. Haar teint was heel anders dan die van de meeste eilanders, die een ruwe en zonverweerde huid hadden. Haar huid was ongewoon wit en roze, haar haar kortgeknipt en zwart.

Ik liet mijn vingers over het ruwe oppervlak van de eettafel gaan. Net als het meeste meubilair, was hij gemaakt van ruw bewerkte steen, gehouwen uit de rotsen op het eiland en niet te verplaatsen.

'Hoe zit het met meneer Peters?' vroeg Lea.

'Ja, hoe gaat het met hem?' vroeg moeder.

'O, die,' zei Adriana, hoofdschuddend. 'Op een haar na verdronken.'

'Lieve help, nee toch?' zei moeder.

'In zijn badkuip,' zei Adriana.

'Hoe kan je nou in je bad verdrinken?' vroeg Lea.

'Misschien kan-ie niet zwemmen,' zei ik.

Lea moest hard lachen en toen ik ook.

'Hij heeft de ontvoering gezien,' zei Adriana.

'O ja?' zei moeder. 'Welke–'

'Iedereen heeft het gezien,' zei Adriana. 'Iedereen die op het Cervostrand lag.'

'Ik wou dat ik het had gezien,' zei Lea. Ze zat naar haar voetzool te staren.

'Ik ook,' zei ik.

'Kom,' zei Adriana, terwijl ze haar strijkijzer uitzette en naar Lea toeliep. 'Laat me daar es naar kijken.'

Ik stond op en keek over Lea's schouder. Zwarte stekels van zee-egels hadden zich in haar voetzool genesteld.

'Die moeten we eruit halen,' zei Adriana. 'Ze zijn giftig.'

'Zouden ze er in een warm bad niet vanzelf uitkomen?' vroeg moeder.

Adriana verhitte de punt van een speld, ging op een krukje naast Lea zitten en begon de stekels eruit te halen.

'Hoe hebben ze hem ontvoerd?' vroeg Lea.

'*La cosa più straordinaria è che non...*'

'Hadden ze de verkeerde te pakken?' vroeg moeder.

'*Sì*,' zei Adriana.

Dit leek mij ook heel bijzonder.

'Leken ze op elkaar dan?' vroeg Lea, net toen ik dezelfde vraag wilde stellen.

'Nee,' zei Adriana.

'Maar,' zei moeder. Ze staarde uit het raam. 'Nu ze weten dat ze de verkeerde man hebben, zullen ze hem vast laten gaan.'

'Wie weet?' zei Adriana, met een vertwijfeld gebaar.

'Wat vreselijk!' zei moeder. 'Maar kijk eens hoe het ons meezit! Volgens mij is het opgeklaard buiten.'

De mist was opgelost, de hemel straalde en er stond niet meer dan een zuchtje wind, dat zelfs de kracht miste om de gordijnen in beroering te brengen, of de bloemen in de boeketten die Adriana had neergezet. Het was al middag. We hadden ongewoon lang uitgeslapen. Aan de eettafel konden we de eilanden in de verte zien; zeilbootjes gleden langzaam over het water. Alles leek helder in beeld en welomlijnd: de paarse bougainville, de roze geraniums.

'Denk je dat ze zijn oor af zullen snijden?' vroeg Lea, die een handstand deed tegen de muur, waarbij haar nachtpon over haar hoofd zakte en haar plas, zoals wij zeiden, bloot kwam.

'Kom nou toch, Lea, wat moet Adriana wel niet denken?' zei moeder.

'Ik was nog niet klaar met die stekels,' zei Adriana.

Lea kwam met een sprongetje terug op de vloer, ging aan tafel zitten en begon van de rijpe vijgen te eten die in een schaal midden op tafel lagen. Adriana ging door met het uittrekken van de zee-egelstekels. Moeder had de vijgen op de vensterbank in de keuken laten liggen en 's nachts waren er gaatjes in gekomen. Adriana en Lea moesten lachen toen ik zei dat er muizen of wasberen aan hadden gezeten. 'Dan eerder vogels,' zei Adriana.

'Wat als ze papa ontvoeren?' vroeg Lea. Moeder had ons verteld dat hij naar de stad was gegaan. Hij kon geen dag zonder de *International Herald Tribune*.

'Natuurlijk niet. Waarom in vredesnaam zouden ze hem willen ontvoeren?' vroeg moeder.

'Misschien denken ze dat hij een miljonair is?' zei Lea.

'Daar zou ik me maar geen zorgen om maken,' zei moeder, terwijl ze opstond. Ze had geen hap van haar cornflakes genomen.

Ik ging achter moeder aan naar haar slaapkamer. Ze liep naar de manshoge spiegel, waar ze zich vooroverboog en een grijze haar uittrok. 'Zie jij er nog meer?' Ze nam plaats op het bed en ik ging achter haar staan en haalde mijn vingers door haar haren. Het was zacht en fijn als duinzand. Lea had hetzelfde haar geërfd, terwijl dat van mij donker, stug en dik was als dat van vader. Ik trok er nog een uit. 'Je kunt het haast niet zien,' zei ik. 'Want ze zijn bijna dezelfde kleur.'

Ze liep afwezig naar een in de muur ingebouwd bureau en begon in haar aantekenschriftjes te bladeren. Ze stonden vol met schetsen in blauwe inkt van de gevels van Franse kerken. Ze duwde het crèmekleurige gordijn opzij en staarde naar de tuin, naar de roerloze pijnbomen met hun schijn van beweging, de rode hibiscus en de glanzende *amanti del sole*.

'Ga je mee?' Lea dook op boven de vensterbank, zwaaide een keer met haar slappe witte hoed alvorens weer uit beeld te tuimelen.

Ik legde mijn hand net boven moeders elleboog, waar haar huid heel erg zacht was. Ze bleef gefixeerd naar de tuin staan kijken, of misschien daar voorbij, naar de transparante zee. Ik liet haar arm los, sloop langzaam weg over de koele rode tegels, door de schemerige gang.

Terwijl Lea en ik over het stoffige pad van de vorige dag naar beneden slingerden, moest ik voortdurend achteromkijken omdat ik dacht moeders voetstappen te horen, maar het enige wat ik zag was een tak die in zijn oude positie terugveerde, en geen van de vogels die ik in de droge struiken hoorde zingen. Lea stopte bij een paar braamstruiken. Nog steeds zie ik haar mond voor me, haar wangen, haar haren met de braamvlekken. Ze zei dat we moesten doen alsof het bloed was. We waren gewond geraakt in de oorlog. Ze wikkelde haar handdoek om haar arm. Die van mij bond ik om mijn middel en ik sleepte met mijn been. We raapten twee stokken op en deden of het sabels waren. De golfers op de golfbaan waren de vijand in de verte, op hun witte strijdwagens met wapperende vaandels in de wind. De witte golfballen waren kanonskogels. Toen we twee dravende paarden langs het Piccolo Peverostrand in het oog kregen, deden we alsof we in galop over het pad gingen, handen in de lucht. Lea's paard was koppig en bokte bij elk geluid. Ze zwalkte heen en weer over het pad dat naar de villa van meneer Peters leidde.

Met uitzondering van een klein appartementencomplex waar mensen uit de streek woonden, werd de omgeving van onze villa bijna volledig bevolkt door buitenlanders. Er zat een beroemde pianobouwer uit Duitsland met zijn pianospelende vrouw; de directeur van een begrafenisonderneming die in een lijkwagen naar het strand ging; een bestsellerschrijver van detectives; Daphne, de kunstenares, en haar man Bob; en meneer Peters, die Lea en ik het liefst bezochten.

Meneer Peters was ooit de eigenaar geweest van een goedlopend bouwbedrijf in New York, maar toen hij zijn roeping als schilder ontdekte, deed hij het van de hand en kocht een kleine villa op het eiland. Af en toe, tot grote afschuw van de eilanders, verrichtte hij kleine bouwklussen voor de buitenlanders. De eilanders dachten dat hij gek was. Al twee keer had hij zijn villa in brand gezet door slordig om te springen met in terpentine gedrenkte doeken.

Wij vonden hem leuk om juist die redenen waarom de eilanders niets van hem moesten hebben. Zijn rommelige villa. De stapels schilderijen in de hal, slaapkamer, kasten en zelfs zijn enige badkamer. Hij bezat geen bed, maar sliep op een oude, rood met wit gestreepte bank die onder de verfspatten zat. We hielden van de geur van olieverf en terpentine die zijn hele huis vulde en vermaakten ons met het ontcijferen van zijn aan zichzelf gerichte krabbels op de muren. Ik begreep ze niet, maar Lea wel, beweerde ze. Het leukst van alles was wel dat hij ons op de muren van zijn villa liet tekenen.

We bleven staan om naar een schilderij te kijken dat op de punten van het hek leek te zijn geslingerd. Het stelde een vrouw met rood haar voor. Ze droeg een groene jurk met gouden vierkanten.

De voordeur van meneer Peters' villa, roze geverfd, stond open. De geur van terpentine was zelfs sterker dan ik me kon herinneren. Tussen de stapels doeken aan beide kanten van de gang naar de woonkamer was net genoeg ruimte om me door te wurmen. Een radio die boven op een stapel doeken balanceerde duikelde naar beneden, maar ik wist hem nog net op tijd op te vangen.

In de woonkamer was het ook een en al schilderij: ze hingen van de vloer tot het plafond. Ze stonden tegen de muren, tegen een oude houten tafel, tegen twee stoelen zonder rugleuning en zelfs langs de rood met wit gestreepte bank waarop meneer Peters lag te slapen.

Lea boog zich over de bank en liet haar haren zo hangen dat de punten meneer Peters' hals raakten. Hij veegde met zijn hand langs zijn hals. Zijn nagels waren zwart van de verf. De nagel van zijn linkerduim ontbrak. Zijn blonde haar zat in de war en zijn kin was bedekt met een dun waas van gouden haartjes. Hij had een korte, dikke wipneus. Hij droeg zijn gewoonlijke kaki broek en hemd met verfspatten. Lea kriebelde hem op zijn wang. Hij kreunde en wreef over zijn wang. We lachten. Nog steeds werd hij niet wakker.

Ik liep achter Lea aan naar wat eens de slaapkamer was geweest. Boven het silhouet van het hoofdeinde van een bed hingen meer schilderijen, voornamelijk van vrouwen in doorschijnende jurken. Op het doek waren sporen te zien van eerdere pogingen. Onder het portret van een vrouw met goudblond haar die een in krantenpapier gewikkelde vis op de arm droeg, schemerde een vrouw met donker haar wier ogen op het doek leken te drijven. Onder de golfbaan, die meneer Peters rood had geschilderd, verscheen een in het wit geklede man. Zelfs met mijn ongeoefende blik kon ik opmaken dat geen van deze schilderijen af was. Van ons portret, waartoe mijn ouders drie jaar eerder opdracht hadden gegeven, had hij nog slechts de omtrekken van onze figuren geschetst. Hij had zich herhaaldelijk bij ons lopen beklagen dat het onmogelijk was om op bestelling te schilderen. Hij kon niet zonder zijn artistieke vrijheid. Onze ouders verklaarden zijn buitenissigheid door te zeggen dat hij eenzaam was. En de terpentine was hem naar het hoofd gestegen. Maar het was leuk om bij hem te zijn. Soms ging hij inderdaad te ver en zei hij ongepaste dingen. Een keer verkondigde hij en plein public dat hij al een jaar niet van bil was gegaan. Lea was er als de kippen bij om me uit te leggen wat dat betekende.

De woonkamer binnenlopend, waar meneer Peters nog steeds lag te slapen, pakte Lea een penseel van het palet en verfde met trage bewegingen over een impressionistisch portret van een roodharige vrouw in een jurk van groene zijde, bijna identiek aan het schilderij dat over de punten van het hek was geprikt. Lea trok eerst horizontale lijnen en vervolgens verticale, tot het hele schilderij uiteindelijk in vierkanten was verdeeld. Ze was juist begonnen het eerste vlak in te vullen, toen meneer Peters – haren overeind, opgezet gezicht, ogen klein van de slaap – zich oprichtte.

'Wat ben jij daar verdomme aan het doen?' vroeg hij, in zijn haast een aantal schilderijen omverlopend. Lea liet het penseel vallen maar bleef toen uitdagend staan, één hand op haar heup. Hij stommelde door de kamer haar kant op, maar zij rende naar buiten. Ik maakte me klein in een hoek.

Hoewel ik er toen geen woorden voor kon vinden, had ik dit soort gedrag wel eerder bij Lea gezien. Dan deed ze iets verschrikkelijk ondeugends zonder erbij na te denken en als ze ter verantwoording werd geroepen, weigerde ze er ook maar iets van terug te nemen of excuses aan te bieden, terwijl ze met haar uitdagende houding de indruk wekte dat het allemaal precies de bedoeling was geweest.

Meneer Peters mompelde iets en ging op de bank zitten. Hij bukte zich en nam een half opgerookte sigaret uit een van de bloembakken. Hij stak de peuk aan en doofde hem weer.

‘Kom maar te voorschijn, hoor,’ zei hij.

‘Oké,’ zei ik, opstaand.

‘Wanneer zijn jullie aangekomen?’

‘Gisteren.’

‘Lekker bruin geworden al,’ zei hij.

‘Ja,’ zei ik. Ik voelde aan mijn neus.

‘Wat vind je daarvan?’ Hij wees naar een schilderij met vier geblinddoekte mannen tegen een witte achtergrond. Een rood kruis scheidde de mannen van elkaar.

‘Bijzonder,’ zei ik, om hem een plezier te doen, hoewel ik toen eigenlijk meer voelde voor de schilderijen van vrouwen in doorschijnende jurken.

‘Het is het wapen van Bella Terra,’ zei hij. ‘In de zeventiende eeuw waren het vier Moren. Ze droegen hoofdbanden ten teken van hun koninklijke waardigheid, maar in de loop der eeuwen zijn hun hoofdbanden een stukje afgezakt en werden ze het symbool van tot slaaf geworden koningen.’

‘Dat wist ik,’ zei Lea. Ze stond in de deuropening. ‘Wist je dat Bella Terra vroeger het Vergeten Eiland heette?’

‘Waarom?’

‘Toen Amerika werd ontdekt, in 1492, lieten ze Bella Terra gewoon links liggen. Ze zijn het compleet vergeten.’

Meneer Peters draaide zich niet naar haar om.

‘Je mag mij wel schilderen,’ zei ze.

Hij haalde zijn schouders op en viste een volgende peuk uit de bloembak. Hij stak hem aan en nam een trek.

‘Je loopt altijd te klagen dat je geen modellen hebt,’ zei Lea.

Hij sloeg met de hak van een schoen tegen de vloer waardoor er schilfers verf afsprongen.

‘Toe dan,’ zei ze.

'Vooruit dan maar,' zei hij, terwijl hij zijn sigaret doofde. 'Ik heb toevallig vanochtend een doek opgespannen.'

Er werd wat heen en weer gepraat over waar ze zou moeten poseren. Meneer Peters wilde dat ze op een van de stoelen zonder rugleuning ging zitten. Ik vond dat ze voor de planten moest gaan staan, maar Lea besloot dat ze op de bank wilde liggen.

'Al goed, mij best,' zei meneer Peters.

Lea liet zich op de bank ploffen. Ze zei dat ze met een arm gevouwen onder haar hoofd wilde liggen en haar haren naar één kant. Meneer Peters dacht meer aan een wat natuurlijker houding, minder geforceerd, en of ze niet op haar buik wilde liggen? Nee, dat wilde ze niet.

Ik vond het ontzettend gedurfd, wat Lea deed. Ik was jaloers op haar lange blonde haar, de fijne lijnen in haar gezicht, het blauwgroen van haar ogen, de manier waarop ze daar zo ongedwongen op de bank lag, met die ontblote schouder.

Ze klaagde dat het licht dat door het raam naar binnen sijpelde te fel was. Het deed pijn aan haar ogen. Meneer Peters bediende haar op haar wenken door het rolluik te laten zakken. Nu werd haar lichaam horizontaal doorsneden door de schaduw van het lattenwerk.

'Ik vind het beter zo,' zei hij. Ondertussen vond ik een puzzel van stukjes canvas: mensengezichten en bananen.

Van tijd tot tijd keek ik op naar meneer Peters, die volledig in beslag werd genomen door de compositie van zijn schilderij. Hij hield zijn arm gestrekt voor zich uit, keek eerst met één oog en toen met het andere, deed een stap naar het doek toe en vervolgens een paar ervanaf. Hij neuriede een melodietje dat ik niet kende.

Lea hield zichzelf bezig door haar pols zo te bewegen dat de zon op haar horloge viel en het een gouden lichtkringetje projecteerde dat op en neer dartelde tussen de muur en het plafond.

'Ik wil een bloem achter mijn oor,' zei Lea. Ik stemde met tegenzin toe om er een voor haar te gaan halen. Ik rende de gang door en de tuin in, me van tijd tot tijd omdraaiend om een blik door de deur naar binnen te werpen, maar het enige wat ik zag was een schijfje van meneer Peters' overhemd. Ik plukte de eerste de beste bloem die ik tegenkwam, een roze oleander, en rende terug.

'Hij is geknakt,' zei Lea. 'Haal een rode voor me.'

'Er is niks mis mee,' zei ik.

'Ik wil een rooie,' zei Lea.

'Ga er dan zelf een halen,' zei ik.

'Meneer Peters, ze wil geen bloem voor me halen,' zei Lea.

'Ah, toe,' zei meneer Peters tegen me. 'Wees es lief.'

Ik slenterde door de tuin, sloeg met een tak op de uit zijn krachten gegroeide heg en bleef staan bij het schilderij van de vrouw met rood haar dat op het hek was gesmeten. De gouden vierkanten weerkaatsten het zonlicht. Ik maakte verschillende rondjes om de villa, wachtend tot ze me zouden roepen, en ging ten slotte in de zon zitten op een houten stoel waarvan de rugleuning ontbrak. Ik volgde de bewegingen van een hagedis tot hij tussen de stenen verdween. De geur van mirte en rozemarijn was overweldigend, met een bijmenging van terpentine en zeelucht. Ik likte de rug van mijn hand om te zien of het zout smaakte. De zon werd steeds krachtiger. Ik voelde mijn schouders branden, en zelfs mijn kruin. Ik was vergeten zonnebrand op te doen. Ik nam me voor te blijven zitten tot ik het niet meer uithield. Op het laatst kon ik me niet meer bedwingen en holde naar binnen.

De tegels voelden koud aan onder mijn voeten. Het duurde even voordat mijn ogen zich hadden ingesteld op het donker in de gang. Lea lag nog in dezelfde houding als waarin ik haar had achtergelaten, alleen had ze één roze sandaal uitgeschopt en liet ze de andere aan haar grote teen bungelen.

'Dit wordt behoorlijk saai,' zei ze.

'Ik ben bijna klaar,' zei hij.

'Daar ben je,' zei Lea. Ze kwam half overeind. 'Waar is mijn bloem?'

'Vergeten.'

'Typisch.' Lea sprong op, haastte zich naar meneer Peters en keek naar haar schilderij.

'Wat vind je?' vroeg hij.

'Best,' zei ze, en haalde haar schouders op. Voor ik de kans kreeg om het schilderij met eigen ogen te bekijken, pakte ze me bij de hand en trok me mee de kamer uit, waarna we alleen nog bleven staan voor een mannenportret in de gang. 'Wie is dat?'

'Wie denk je dat het is?' vroeg meneer Peters.

'Jimmy Dean,' antwoordde ze, en hij lachte en zei: 'Nee, zie je dan niet dat het een zelfportret is?' waarop Lea ook begon te lachen en zei: 'Mooi niet!'

Thuis zaten mijn ouders naast elkaar op de bank in de woonkamer. Moeder droeg een nieuw crèmekleurig pakje met platte gouden knopen die flikkerden in het zonlicht. Vader droeg een vers gestreken spijkerbroek.

'Vandaag is onze trouwdag,' zei vader. 'Ik heb mezelf getrakteerd op een nieuw paar schoenen. Mooi?' Hij stak zijn lange benen uit.

'Heel mooi,' zei Lea.

'Weet je nog dat we mijn verlovingsring gingen kopen?' Moeder streelde een van haar platte gouden knopen. 'Het was snikheet en mijn vingers waren opgezet van de hitte en elke ring die ik paste was te klein en de mevrouw van die winkel zei: "Stel je voor, iemand als u en dan zulke dikke vingers."'

Vader lachte en zei toen: 'Wat vinden jullie van je moeders nieuwe outfit?'

'Lelijk,' zei Lea.

'Nou, dat is ook niet erg aardig,' zei vader.

Lea bloosde.

Moeder lachte nerveus. Ze liet vaders hand los om Lea's jurk, die nog steeds op één schouder hing, op z'n plaats te schuiven, en fatsoeneerde vervolgens het knotje in haar nek.

'Je ziet er zo streng uit zo,' zei vader. 'Waarom doe je het niet los?' Moeder schudde haar hoofd en begon met één hand de plooien in haar rok glad te strijken.

'Hè, toe nou,' zei vader.

'Nee,' zei ze fluisterend.

'Vinden jullie ook niet dat ze er leuker uitziet met los haar?' vroeg hij ons.

'O ja,' zeiden we.

Hij stak een hand uit om haar haren aan te raken, maar ze stond op en zei: 'Niet doen.'

'*Une main de fer dans un gant de velours*. Een ijzeren hand in een fluwelen handschoen,' zei hij. De betekenis van die uitdrukking ontging me, maar ik moest er hard om lachen, te hard, en Lea keek me aan en vroeg wat er zo grappig aan was en ik wist niet wat ik moest zeggen. Ik staarde naar het tapijt en vader lachte, terwijl moeder weer ging zitten en mijn haar naar achteren streek. 'Je moet echt beter oppassen, en denk erom dat je je goed insmeert,' zei moeder. 'Je voorhoofd gloeit helemaal. Het zou me niets verbazen als je een zonnesteek hebt.' Haar gezicht zag bleek en haar hand voelde koud aan op mijn voorhoofd.

3

Van de volgende dag kan ik me maar heel weinig herinneren: dat de zon door de gordijnen viel en het patroon van roze en gele bloemen, die langs blauwe banen naar het plafond klommen, extra leven inblies, en dat ik me lag af te vragen of ik de halve bloemen boven bij de rand ook mee zou tellen. Nu en dan opende een windvlaag de gordijnen en dreven de geuren van mirte en jeneverbes mijn kamer binnen. Af en toe stond Lea plotseling tussen die gordijnen: haar in de war, haar jurk onder een laag fijn, okerkleurig eilandstof. Ik probeerde me voor te stellen hoe ze over wildpaadjes holde en over stenen muren sprong. Soms kwam Adriana naast me zitten om in haar bijbel te lezen, waarvan het rode kaft zo gaar was dat je het groen eronder kon zien. Ik vond het prettig om mijn vinger over de gouden letters van het woord *Bibbia* te laten gaan. Adriana vertelde me verhalen uit de bijbel of over het eiland. De verhalen over Bella Terra bevielen me het best. Volgens al haar legenden was Bella Terra een voetafdruk van God op zee. Ze had me een kaart van het eiland laten zien, een oude druk die boven het dressoir in de eethoek hing. De vorm van het eiland leek sprekend op de omtrek van een voet. Ik stelde me voor hoe God van de ene zee in de andere stapte. Ze vertelde me ook dat het eiland ooit met bos bedekt was geweest, maar dat buitenlandse heersers alles hadden platgebrand om vogelvrije herders op te sporen, mannen die bandieten waren geworden door de strenge wetten die hun werden opgelegd. '*Furat chi de su mare venit*,' zei ze met half dichtgeknepen ogen in het dialect van Bella Terra. Ik vroeg haar wat het betekende en ze zei: 'Wie van overzee komt, komt om ons te beroven.'

'Je bedoelt mij,' zei ik, op mezelf wijzend.

'Nee, nee, Helenina, jij bent nog te klein.'

Mijn favoriete verhaal ging over een vrouw die Lucia Delitala heette en die een geweldige snor had en nooit is getrouwd omdat ze niet van een man afhankelijk wilde zijn.

Af en toe stond moeder in de deuropening, één hand op de deurkruk, afwezige blik, en dan rook ik haar parfum, dat zo verschilde van alle andere geuren op het eiland. Over het algemeen had moeder weinig op met ziekte. Als er maar even aanleiding toe was zei ze: 'Ik ben nog nooit langer dan één dag ziek geweest.' Haar enige zwakte was een hartritmestoornis, die haar dwong het kalmer aan te doen. Ik weet nog dat ze me insmeerde met verkoelende calaminelotion.

De meeste tijd deed ik alsof ik sliep. Dan dacht ik aan de zon op het water, aan de zeemeeuwen of aan de eilanden in de verte. Lea kwam vragen of ik mee mocht naar de buren, maar moeder zei dat ik uit de zon moest blijven. Ik moest maar wachten tot de volgende dag.

Maar de volgende dag ging Lea zonder mij naar het huis van de schilder. Als ik haar volgde, zei ze, zou ze nooit meer tegen me praten, en dus keek ik haar vanonder de poort naar onze villa na tot ze uit het zicht was verdwenen.

Ik trok met moeder op. Ze was altijd al graag in bad gegaan, maar die zomer ging ze wel drie of soms vier keer per dag. Zelfs als kind wist ik dat het niet alleen vanwege de hitte was. Ik vond het prettig om bij haar in de badkamer te zitten kijken hoe het steeds verspringende licht door de bougainville op de ruitvormige, blauwgrijze tegels viel, en te luisteren naar haar verhalen. Mijn favoriete verhalen waren die over haar vriendin Prue, met wie ze door Europa had gereisd. Ik hoorde haar graag vertellen hoe Prue moeder ertoe had overgehaald om boven op badhuizen te slapen in Italië, hotels binnen te glippen om in bad te gaan in kamers waar geen gasten waren. Of de keer dat Prue een paar Italiaanse jongens zover had gekregen dat ze pizza voor hen bestelden en ze zich door de achterdeur uit de voeten hadden gemaakt. Ik kon me niet voorstellen dat moeder zulke dingen had gedaan. Ze zei zelf dat ze vroeger anders was. Ik kon de persoon van toen niet rijmen met de persoon die ik kende: bedroefd, bedachtzaam, bescheiden. Ze zat altijd te studeren. Ze lachte zelden en soms hoorde ik haar huilen achter een dichte deur.

De derde middag na ons bezoek aan de villa van meneer Peters sloot moeder de zware houten luiken van haar kamer. Toen ik vroeg waar vader naartoe was gegaan, zei ze dat hij plannen zat te bespreken met de architect.

'Plannen om wat te doen?'

'Plannen om een zwembad aan te leggen.'

'Maar jij wilt helemaal geen zwembad.'

'Wat doet het er nou toe wat ik wil?'

Ik schoof de crèmekleurige gordijnen open en dicht, want ik hield van het geluid van de gordijnringen over de rails, totdat moeder me vroeg om ermee op te houden. 'Waarom ga je niet met Lea spelen?' vroeg ze. Ik bleef bij het raam staan, aarzelde of ik me buiten zou wagen of naast moeder zou gaan liggen, die al tussen de geurige koele witte lakens was gegleden. Ik vond het lekker om dicht tegen haar aan te kruipen, maar opnieuw zei ze: 'Vooruit lieverd, toe nou.'

Na de donkere slaapkamer was de zon wel heel fel. Ik wou dat ik een echte zonnebril had, net als Lea. Die van mij was een kinderbril; het lichtblauwe glas deed niets, maar het ergst vond ik nog het roze, hartvormige montuur. De zon was zo heet dat het asfalt van de oprit week onder mijn voeten voelde, alsof je op een kwal trapte.

Op ons vertrouwde zandpad was geen spoor van Lea te bekennen. Ik vroeg me af of ze misschien een andere route had genomen, eentje die over verboden terrein voerde, en langs een stel honden. Ik was als de dood voor die honden. Het waren boxers en ze kwijlden, lange slierten die glinsterden in de zon. Maar na een bocht in het pad kreeg ik haar toch in het oog; ze was bezig haar witte hoed de lucht in te gooien en weer op te vangen. Ze rende naar een struik, plukte een handvol bramen, propte ze in haar mond en tuurde over een heg. Ze stopte bij een brievenbus en liet er een stukje papier in glijden. Ik wachtte tot ze de volgende bocht om was, opende de brievenbus en las haar briefje. Haar krabbel luidde als volgt: 'Beste meneer Roberto, u hebt zich niets aangetrokken van mijn goede raad. Uw einde is nabij. Hoogachtend, L.D.'

Ik volgde haar helemaal tot aan de villa van meneer Peters. Lea gluurde door de kier in een van de luiken.

De villa zag er gesloten uit. Alle andere luiken zaten potdicht. De roze deur was op slot. Lea zei geen woord toen ik naar haar toe rende. Het was net of ze wist dat ik haar al die tijd had gevolgd.

Ik moest een stok voor haar zoeken, die ze tussen de luiken van de badkamer wrong. De luiken sprongen open en ze klom naar binnen en ik ging achter haar aan.

De villa was vol schaduwen. In het vage licht kon ik alleen de bovenste rij schilderijen onderscheiden. De vrouw met het donkere haar en de man in het wit waren verdwenen. Meneer Peters lag niet op zijn bank. Ik voelde iets kriebelen en gaf een gil, maar het was gewoon een van zijn varens. Ik was blij dat Lea een luik opengooide; zonlicht vulde de kamer en verlichtte het portret van de roodharige vrouw dat Lea tijdens ons eerste bezoek gedeeltelijk had overgeschilderd, alleen droeg de vrouw nu geen groene jurk maar was ze in het roze.

Ik zou Lea's portret, dat in een hoek stond, misschien nooit hebben opgemerkt als ze er niet naartoe was gelopen om er het laken af te trekken.

'Je bent bloot,' riep ik uit. Maar Lea reageerde niet, tikte met een vinger tegen het doek. Ik kon niet geloven dat ze naakt had geposeerd. Zelfs mijn ongeoefende oog kon zien dat dit schilderij anders was. Terwijl de gezichten van de vrouwen die meneer Peters schilderde uit tijdschriften leken te komen, had hij Lea's uitdrukking goed weten te treffen, haar eerder uitdagende dan meegaande blik, en zelfs de kleuren schenen levensechter, het blauwgroen van Lea's ogen, het rood van de bank. Haar kleine gouden horloge had hij ook geschilderd.

'Moet je kijken,' zei ik, terwijl ik me naar Lea omdraaide. 'De bloem heeft hij geel geschilderd in plaats van rood, en de bank heeft geen strepen.'

Lea reikte me een blik aan met het een of ander. Ik pakte het vast en keek ernaar – het etiket was verdwenen, maar uit de sterke geur kon ik opmaken dat het terpentine was.

'Wat–'

'We gaan het verbranden,' zei ze.

'Wat?'

'Het schilderij,' zei ze.

Ik veronderstelde dat ze het wilde verbranden omdat ze zich er nu voor schaamde dat ze meneer Peters haar naakt had laten schilderen.

'Jij moet het verbranden,' zei ze.

'Waarom?'

'Omdat hij mij natuurlijk meteen zal verdenken. Hij zal naar mijn vingerafdrukken zoeken.'

Ik had een gevoel dat wat we deden niet hetzelfde was als de detectivespelletjes die we vaak samen deden.

'Toe dan,' zei ze. 'Spetteren.'

Ik was bang dat ik de terpentine op iets anders zou gieten dan het schilderij. Voorzichtig tilde ik het blik omhoog, zo dicht mogelijk bij het doek, en goot er een paar druppels uit, maar Lea graaide het uit mijn handen en plensde het doek onder. Ik dacht dat ze wat op mijn jurk had gemorst. Ze haalde een doosje lucifers uit haar zak, streek er een af en gooide hem tegen het doek. Het vatte meteen vlam. We keken toe hoe het linnen brandde en smolt en we zagen Lea langzaam opkrullen en verdwijnen. Ik zou waarschijnlijk zijn blijven staan kijken tot het hele schilderij in vlammen was opgegaan als Lea me niet bij de hand had gepakt. We holden door de gang, onderweg schilderijen en boeken omverstotend. De radio viel met een klap op de vloer en begon te spelen. Stemmen riepen ons na. We klommen de heuvel op, door het dorre struikgewas en langs de hibiscus. Ik deed het in mijn broek van het lachen, maar Lea bleef staan, sloeg haar armen over elkaar en keek me vanuit de hoogte met een doodserieuze blik aan tot ik ten slotte mijn mond hield.

Net toen we onder de poort naar ons huis door zouden gaan, zagen we moeder in de jeep achteruit de oprit afrijden. Dat was iets heel bijzonders. De jeep was bijna niet in z'n versnelling te krijgen en zelfs sturen vergde grote inspanning, en bovendien stond hij op een steile helling geparkeerd. Moeder wilde altijd dat vader hem van zijn parkeerplek reed.

Mijn eerste gedachte was dat moeder rook uit de villa van de schilder had zien komen. Misschien had ze Lea en mij zelfs uit zijn huis naar buiten zien rennen. Ze had geraden wat we hadden gedaan. Ik veronderstelde dat ze naast ons zou stoppen, maar ze reed rakelings langs de struiken waar we achter weggekropen waren. Aan beide kanten van de jeep wervelden stofwolken op.

Pas nadat ze uit het zicht was verdwenen en het stof was neergedaald zag ik vader onder een pijnboom staan. Lea rende naar hem toe. Ze zei iets wat ik niet kon verstaan, waarop ze zich omdraaiden en arm in arm het pad afslenterden. Ik wist dat Lea boos was op moeder, maar ik begreep niet waarom.

Nog een hele poos heb ik over de hibiscus naar de stofwolken boven de weg staan staren, in de verwachting dat moeder terug zou komen.

4

De volgende ochtend schudde Lea me wakker. Meneer Peters had zojuist door het raam in onze slaapkamer staan gluren, zei ze. 'Is mama terug?' vroeg ik, en ze zei: 'Ja ja, ze is een paar uur geleden teruggekomen. Vooruit, opschieten.' We renden de tuin in. De stenen waren nog koud. We hoorden het *psst psst* van de sproeiers. De gardenia's en de *amanti del sole* sprankelden. We kregen de man van Adriana in het oog, een tengere meneer met heldere bruine ogen. Van meneer Peters geen spoor.

Ik bleef om me heen kijken naar meneer Peters. Lea's spelletjes konden me niet voldoende afleiden. Moordenaar was ons favoriete spelletje die zomer. Om het te kunnen spelen hadden we een slachtoffer, een getuige, een detective en natuurlijk een moordenaar nodig. De getuige konden we desnoods missen, maar zonder slachtoffer ging het niet. Meestal haalden we Adriana's nichtje Carla erbij. Lea zat schrijlings op Carla, trok een denkbeeldig mes uit haar zak en deed alsof ze haar stak terwijl ik vanachter de deur toekeek.

'Au, urgh,' riep Carla. Lea bleef haar steken. Carla vroeg of ze mocht ophouden met schreeuwen. 'Ben ik nog niet dood?' vroeg ze.

'Nee, doorgaan met schreeuwen,' zei Lea.

Ik kwam achter de deur vandaan, trok mijn denkbeeldige opschrijfboekje en noteerde gegevens over het misdrijf.

Daarna gingen Lea en ik op onze bedden liggen, totdat Lea voorstelde om vadertje en moedertje te spelen. Ik was moeder en Lea was vader. Ze smeet een boek door de kamer. Ik barstte in tranen uit en haastte me naar de badkamer. We vielen op het bed en kreunden en huilden. Plotseling kreeg ik moeder in het oog in de spiegel. Ik hoorde het geluid van haar sandalen terwijl ze door de gang wegrende.

Ik ging in razende vaart achter haar aan, maar toen ik bij haar slaapkamerdeur kwam, was die gesloten. Vader en moeder zaten te praten, of misschien ruzie te maken. Ik kon ze niet goed genoeg horen om erachter te komen.

Toen Lea en ik een poosje later terugkwamen, waren onze ouders niet meer in hun kamer. Lea dook op hun bed en zag een tijdschrift met blote dames tussen het matras en de bedbodem uitsteken. Ik had nog nooit plaatjes van blote dames gezien. Een vrouw had haar benen wijd uit elkaar. 'Smerig!' brulden we. Lea stelde voor om de plaatjes uit te knippen en een collage te maken. We lagen dubbel van het lachen terwijl zij een hart uit een stuk rood papier knipte en vervolgens blote foto's op de andere kant plakte. Aan de binnenkant van de kaart schreef Lea: 'Lieve papa en mama, gefeliciteerd met jullie trouwdag.'

Ik sloop achter Lea aan de woonkamer in. Lea overhandigde hun de kaart. Moeder zei: 'Nee, toch,' en vader: 'Mijn hemel!' Ze wilden de kaart niet openslaan. 'Naar jullie kamer, meteen,' zei vader.

Toen meneer Peters ten slotte toch kwam, zaten we op Lea's bed door het raam naar buiten te staren. Ik had een hand uit kunnen steken en zijn grauwe blonde haar aanraken. Lea riep zelfs 'koekoek', maar hij keek niet op. Hij was nogal doof door al het werk in de bouw dat hij vroeger had gedaan.

We slopen hem achterna terwijl hij rond het huis liep en door de ramen naar binnen gluurde. Vanachter een struik zagen we hoe moeder de deur van de woonkamer opendeed om hem erin te laten. Hij ging op een krukje voor haar zitten. Hij leunde naar voren, trok toen de band van zijn broek over zijn riem. Hij droeg zijn riem niet door de lusjes aan zijn broek maar als een stuk elastiek. Door de gaten in zijn schoenen zag ik zijn feloranje sokken. Ik dacht dat hij haar zou gaan vertellen wat wij hadden gedaan, maar dat deed hij niet, en moeder ging naar de keuken.

We kropen dichter naar het raam, en giechelden toen we zagen dat meneer Peters zijn kauwgom uit zijn mond haalde en tegen de onderkant van de salontafel plakte.

Toen moeder terugkwam met meneer Peters' drankje, dacht ik dat hij haar zou vertellen wat wij hadden gedaan. Maar ze zaten zonder iets te zeggen tegenover elkaar, hun glazen balancerend op hun knieën. Meneer Peters sloeg zijn drankje in één keer achterover en zette zijn glas op tafel. Hij boog naar voren en speelde wat met de lip van zijn schoen. Hij zat voortdurend met zijn mond te trekken en de spieren in zijn hals verkrampten.

Pas toen vader binnenkwam begonnen ze te praten. Vader vroeg hoe ons portret vorderde. Meneer Peters zei dat hij alleen nog hier en daar een accentje moest zetten. De kleur van onze jurken was niet helemaal het juiste blauw. Ik kon niet geloven dat hij zat te liegen, en in gedachten zag ik het schilderij dat hij omschreef al voor me: de strooien hoedjes die hij zei dat we droegen, en onze identieke jurken met de roze kwastjes. Daarna begon hij een klaagzang over zijn gebrek aan succes. Niemand die zijn genialiteit erkende. Wat moest hij eraan doen?

Moeder wist zeker dat het grote publiek op den duur wel van hem overtuigd zou raken. Vader vroeg of hij wel dia's maakte en rondstuurde. Meneer Peters zei dat hij daar geen geld voor had. Waarop vader een van zijn favoriete moppen vertelde, over een man die zich er telkens weer bij God over beklaagde dat hij maar niets won in de loterij. Totdat op het laatst God aan hem verscheen en zei: 'Je moet ook eerst een lot kopen, dacht ik.' Moeder kwam met voorbeelden van schilders die pas laat in hun leven erkenning hadden gekregen. 'Wat dacht je van Gauguin?' vroeg ze. 'En Van Gogh werd zelfs pas na zijn dood beroemd.'

'Ja, leuk,' zei hij, en ze begonnen te lachen.

Ze hadden het over politiek, vooral de Amerikaanse politiek, want meneer Peters was een Amerikaan. Vader zei dat hij Nixon al nooit had vertrouwd en moeder gaf toe dat ze zich volledig door hem voor de gek had laten houden. Meneer Peters begon steeds luidruchtiger te worden, zijn hoofd werd knalrood en hij zei aan één stuk door: 'Een schoft is het.'

Ten slotte keek hij naar zijn handen en krabde zich op zijn hoofd. Opnieuw dacht ik dat hij op het punt stond iets te zeggen. Maar het enige wat hij deed was moeder aankijken, die eindeloos haar roodpapieren servetje opnieuw vouwde. Hij zei dat zijn werk op hem wachtte en plukte discreet zijn kauwgom onder de tafel vandaan. 'Viezerik,' zei Lea, en ik zei het haar na: 'Viezerik.'

We volgden hem over de asfaltweg en het zandpad dat naar zijn villa leidde. Ik was verbaasd te zien dat de villa nog overeind stond. In mijn gedachten was hij samen met het schilderij in vlammen opgegaan. Hij schopte zijn roze voordeur open en verdween naar binnen.

5

De volgende ochtend was moeder weg. Deze keer had ze haar koffer gepakt en haar volgens ons mooiste jurk meegenomen, de lichtgele. De wind stak op, de kille mistral uit het noorden. Aan de andere kant van het eiland heersten verschrikkelijke branden. Een jongen en zijn moeder waren in hun auto door de vlammen ingesloten en levend verbrand.

Ik slenterde heen en weer van binnen naar buiten, hing rond bij de telefoon, keek hoe Adriana het strijkgoed deed en maakte haar gek met mijn gezeur om meer verhalen. Ze vertelde me over haar uitgebreide familie, hoe ze allemaal bij elkaar in dezelfde flat woonden. Ze woonde met haar man en haar moeder op de eerste verdieping, tegenover haar broer en diens vrouw en hun twee zonen. Haar schoonmoeder woonde recht onder hen en op de tweede woonde een heel stel neven en nichten. Dat leek me wel wat, een hele familie die in een en hetzelfde gebouw woonde. Onze beide opa's waren al dood voor wij werden geboren en onze oma's woonden ver weg, een in Amerika en de ander in Zuid-Afrika. In Parijs hadden we geen familie.

'Iedereen hier op het eiland is familie van elkaar,' zei ze. Ik smeekte haar om meer roversverhalen. Ze deed voor de zoveelste keer uit de doeken hoe bandieten zich verstopten in de *macchia* en wachtten tot er rijkelui langskwamen, dan hielden ze hun rijtuig aan en was het je geld of je leven. Ik wilde rovertje spelen met Lea, maar ze zei dat ze niet in de stemming was. Ik wilde haar niet helpen met het opvegen van de bougainvillebloesem en weigerde voor de eerste keer om haar zonnebril voor haar te halen. Ik stond te kijken hoe de wind de bougainville van de ene naar de andere kant van de veranda blies. Eerst waren de bloemen dieppaars, maar stukje bij beetje raakten ze hun kleur kwijt en werden het een soort doorzichtige vliesjes.

Toen moeder ten slotte belde was ik in de tuin, en Lea was het eerst bij de telefoon. Ik kwam zo dicht mogelijk tegen haar aan staan. Ze rook naar sinaasappel. Ik probeerde herhaaldelijk de hoorn uit Lea's hand te trekken. Toen zal moeder gevraagd hebben om mij aan de lijn te krijgen. Ze wilde weten hoe het met me ging en ik fluisterde, goed, verlegen, omdat vader en Lea naar me stonden te kijken. Ze zei dat ze van me hield en dat ze ons gauw zou komen opzoeken, maar dat ze een paar dagen voor zichzelf nodig had. Zachtjes legde ik de hoorn terug.

Later liep ik op een afstandje achter Lea en vader aan, toen die kriskras door de tuin slenterden. Vader zei dat hij geen zin had om naar het strand te gaan. Hij voelde niks voor kaarten. Hij verzekerde ons dat moeder gauw terug zou komen.

Ze zwaaiden heen en weer in de hangmat. Toen vader mij in de gaten kreeg, riep hij: 'Helen,' en stak een arm in de lucht, maar ik rende naar het eind van de tuin en klom over de muur. Af en toe reed er een auto voorbij in een grote stofwolk. Gebouwen in de verte stonden te trillen alsof ze onder water waren.

Teruglopend naar de hangmat waar vader en Lea nog steeds schommelden, zong ik luidkeels een Frans liedje over engelen die van de berg neerdaalden. Ik had op school te horen gekregen dat ik een mooie stem had en dus dacht ik vader te kunnen imponeren door te zingen. Vader en Lea begonnen gloria te galmen, mijn toon imiterend, en schoten toen in de lach.

Die avond aan tafel zei vader dat ik er toch zo leuk uitzag. Ik deed mijn uiterste best niet te blozen. Ik dacht dat ik voor hem bloosde, omdat hij iets zei waarvan ik wist dat het niet waar was. 'Wat heb je je haar leuk gedaan,' zei hij, met een blik op Lea. Haar haar hing in een slordige knot ergens halverwege haar nek. Ze schopte me onder tafel en ik zei: 'Au,' en vader zei: 'Zeg, Lea, dat is nou niet aardig van je,' en glimlachte.

Vader imiteerde de manier waarop Lea haar soep slurpte. Ze lachte en zei: 'En jij hebt soep gemorst op je overhemd.' Terwijl hij mij aankeek, maar ondertussen tegen Lea bleef praten, zei hij: 'En moet je kijken hoe Helen met haar vingers haar brood naar binnen propt. De vork kan het kennelijk niet aan.' Ik voelde de tranen opkomen en maakte aanstalten om op te staan.

'Hè, kom nou toch,' zei hij. 'Stel je niet zo verschrikkelijk aan.' Hij wendde zich tot Lea. 'En wie heeft jou geleerd je vork zo vast te houden? Je ziet eruit alsof je iemand overhoop wilt steken.'

Lea lachte opnieuw en zei: 'Jij kauwt met je mond open.'

'Zo hoor je niet tegen mij te praten,' zei hij. 'Een beetje respect voor je vader graag.'

Lea nam gas terug, maar trok onder tafel aan de zoom van mijn jurk. Ik at netjes door en probeerde mijn vingers niet te gebruiken.

Op dat moment hoorden we een auto stoppen voor het huis. Lea en ik renden naar buiten. Ik hoopte dat het moeder was, maar nee, er stond een auto van de politie bij de poort. Ik dacht aan het schilderij dat Lea en ik hadden verbrand. Zo meteen zouden ze ons arresteren. Lea en ik doken weg achter een struik, maakten vervolgens een omtrekkende beweging om het huis en keken de woonkamer binnen. Er stond een man met zijn rug naar de glazen deur. We konden niet horen wat hij zei. Vader had de deur dichtgedaan. De man keerde zich enigszins onze kant op, alsof hij onze aanwezigheid voelde, en tastte naar iets in zijn zak. Ik weet zeker dat hij Lea en mij bij de deur zag zitten, maar hij liet er niets van merken. Hij kneep crème uit een tubetje en masseerde het langzaam in zijn handen. Tot op de dag van vandaag weet ik niet wat hij kwam doen en of het was om met vader over de brand te praten, en zijn verdenkingen. Wat veel meer voor de hand ligt is dat het te maken had met een van de ontelbare plaatselijke verordeningen. Misschien was hij gekomen om vader erop te wijzen dat de pijnbomen voor de parkeerplaats hoger waren geworden dan toegestaan. Ze versperden het uitzicht op zee van een van de villa's. Maar toen dacht ik niet dat de politie voor zoiets kleins langs zou komen. Ik wist zeker dat ze waren gestuurd om de zaak van het verbrande schilderij te onderzoeken.

6

De middag dat de Ashtons arriveerden, wapperde op het strand nog altijd de groene vlag. We konden zwemmen. Maar de gestreepte parasols lagen vast aan stenen en schoenen. Af en toe sloeg er een parasol op hol en klonk er een luide kreet en riep iedereen uit hoe gevaarlijk die dingen waren, dat er nog eens iemand gespietst zou worden.

Ik lag achter de duinen, waar geen mensen waren en waar het zand fijn en zacht was. Ik deed een spelletje waarbij ik mijn hand plat op een gele netel legde en dan voorzichtig liet zakken, net zo lang tot ik het in mijn palm voelde prikken. Ik keek naar Lea, die de handstand oefende aan de waterlijn. Lea kon een hele poos in evenwicht blijven met haar benen recht omhoog in de lucht. In de verte zag ik een motorboot een waterskiër voortslepen. De man die de boot bestuurde maakte de ene bocht na de andere, gebaarde druk met zijn arm en riep tegelijkertijd iets tegen de waterskiër. De zee was zo ruw dat het me verbaasde dat er mensen waren die wilden waterskiën.

Over het pad dat streng verboden voor auto's was, kwam een jeep aanscheuren, een spoor van stofwolken achterlatend. Iemand zwaaide en riep: 'Joe-hoe.' Mensen keken op en bleven staan staren.

Hoewel het hoogst onkarakteristiek voor haar zou zijn geweest, dacht ik dat het moeder was. Maar toen herinnerde ik me dat vader die ochtend had gezegd dat de Ashtons zouden komen. Elk jaar opnieuw waren ze van plan dat te doen, maar altijd kwam er op het laatste moment iets tussen. Het jaar daarvoor was een van hun honden ziek geworden.

Maar dit jaar, toen het telefoontje kwam, was vader blijven aandringen. Ik hoorde hem wel een paar keer zeggen: 'Jullie móéten komen', en op een later moment in het gesprek: 'Jij, als haar beste vriendin. Maar luister dan, met mij wil ze niet praten.'

Mevrouw Ashton was een opvallende vrouw. Ze was bijna een meter tachtig lang, had met rood doorregen bruin haar en een enigszins geelbruine huid. Hoewel ze moeders oudste vriendin en Lea's peettante was, had ik haar maar één keer ontmoet, tijdens een kort bezoek aan Londen. Moeder en ik hadden de middag met haar doorgebracht terwijl vader en Lea naar Wimbledon waren gegaan. Lea had nooit kennis met haar gemaakt. Tot die zomer had mevrouw Ashton geen enkele belangstelling voor haar getoond. Nooit had ze een kaart of een cadeautje gestuurd. Haar enige bijdrage aan Lea's bestaan was Lea's naam. Mevrouw Ashton had Ileana voorgesteld. Haar familie kwam oorspronkelijk uit Griekenland en ik had moeder horen zeggen dat ze eruitzag alsof ze zo van een Griekse urn was gestapt. Op die eerste middag droeg ze een lange jurk van groene zijde.

Aan vaders arm schreed ze over het zand, kin in de lucht, schouders naar achteren.

Lea maakte een formeel buiginkje, zoals ze in Frankrijk had geleerd. 'Hoe maakt u het?' zei ze, terwijl ze haar hand uitstak. Maar mevrouw Ashton scheen haar niet op te merken. Ze knoopte haar badjas los en liet hem op het zand glijden.

'Zeg eens dag tegen Prue,' herinnerde vader mij.

Ik klopte het zand van mijn handen en stak mijn rechterhand uit. Maar in plaats van die te schudden vouwde Prue haar handdoek over mijn arm en rende naar het water. Later hoorde ik – Prue zei het tegen Lea, die het weer aan mij doorvertelde – dat de initialen op de handdoek, hoewel ze overeenkwamen met die van Prue, P.A., in werkelijkheid voor de naam van een of ander hotel stonden. De Ashtons hadden een koffer boordevol met uit hotels meegenomen spullen: shampoo, crème, zeepjes, parfum, miniatuurflesjes met drank en zelfs lakens en badjassen.

Mevrouw Ashton deed de borstcrawl, haar armen sneden door het water. Ze zwom tot ver voorbij het donkere water waarin Lea en ik ons hadden gewaagd. Ik had moeder eens horen zeggen dat Prue een beetje gek was. Als meisje had ze model gestaan voor kunstenaars, en nu was ze zelf kunstenaar. Van ons enige bezoek aan haar, in haar atelier, herinnerde ik me in glas ingepakte jurken, een in bijenwas geconserveerde trouwjurk van witte kant die van Prues overgrootmoeder was geweest en vooral een serie potloodtekeningen van een meisje dat zichzelf in brand had gestoken. De tekeningen van het meisje kwamen overal terug: tussen de boekenplanken en zelfs in een kast in de badkamer, verlicht door een spotje. Het waren rauwe en beangstigende tekeningen, bijna niet van elkaar te onderscheiden; het vuur verhulde de hele figuur, alleen de voeten van het meisje staken onder de vlam uit. Ik herinnerde me dat ik aan moeder vroeg wie dat meisje was, en dat moeder antwoordde dat ze dacht dat het iemand was die Prue in het ziekenhuis had ontmoet.

Vader, Lea en ik zaten naast elkaar op Prues handdoek.

'Hoe lang blijven de Ashtons?' vroeg Lea aan vader.

'Weet ik niet,' zei vader. 'Een week of twee, denk ik.'

'Wat is meneer Ashton voor iemand?' vroeg Lea. 'Waarom is hij niet meegekomen naar het strand?'

'Geen idee,' zei vader. 'Ik denk dat-ie moet uitpakken van Prue. Jullie zullen hem zo wel ontmoeten.' Hij gooide een handvol zand over Lea's benen. Lea gooide een handvol zand naar hem.

Het waaide, en het zand schuurde langs een vrouw die onder de parasol naast die van ons zat.

'*Attenzione*,' zei de vrouw op klagerige toon.

'*Attenzione*,' zei vader, haar stem imiterend, in sotto voce.

'*Attenzione*,' zei Lea, en vader schoot in de lach.

Ook toen Prue uit het water stapte, bleef ze Lea en mij negeren. Ze droogde zich zorgvuldig af en schreed vervolgens het strand over. Vader volgde haar op een paar passen. Toen vader de bekeuring op het dashboard van zijn jeep vond, lachte ze en zei: 'Nou ja, zeg!' Ze bood niet aan de boete te betalen, en later vertelde Lea me dat vader tegen haar had gezegd dat de Ashtons er wel rijk uitzagen en niets anders schenen te doen dan over de wereld reizen, maar dat ze eigenlijk heel weinig geld hadden en boven hun stand leefden.

In de jeep, met de raampjes helemaal open, kon ik niet alles horen wat er voorin werd gezegd. Lea had zich tussen de twee voorstoelen in gewurmd en blokkeerde mijn uitzicht. Ik hoorde Prue zeggen: 'Kijk niet zo sip,' en ving een glimp op van vaders glimlach in de achteruitkijkspiegel.

Toen de auto voor de villa stopte, bleef Prue in de jeep zitten, zelfs nadat vader was omgelopen en haar deur had geopend. Ze scheen volkomen op te gaan in haar eigen gedachten en zich onbewust te zijn van haar omgeving. Ik vroeg me af of ze bezig was de beste strategie uit te denken om mama te laten terugkomen.

Het pad naar de villa was niet breed genoeg voor ons vieren. Prue liep tussen vader en Lea in. Op de rug van haar groene badjas schitterde een gouden draak met een blauwe tong.

Adriana was bezig verse pasta te maken aan de keukentafel. Ze zei geen dag. Ze had natuurlijk de smoor in over al het extra werk dat het bezoek van de Ashtons met zich meebracht. Ik liep de gang in, achter Lea aan, die op haar beurt weer achter Prue aan liep, maar toen we bij Prues kamer kwamen draaide Lea zich naar me om en fluisterde: 'Moet je me nou echt overal achternalopen?'

Voor Lea de deur achter zich dichttrok kon ik een snelle blik in de kamer van de Ashtons werpen. Op het bed lagen twee opengeslagen koffers. Over de rugleuning van een van de stoelen hing een verrekijker. De karmijnrode gordijnen waren dicht en over alles lag een roze gloed. Ik zag meneer Ashtons gezicht in de spiegel. Hij stond beide kanten van zijn haar met vlakke hand glad te strijken.

Ik rende terug naar de keuken en hielp Adriana het groene deeg voor de tagliatelle verde in lange dunne linten te snijden. Moeder zei altijd dat Adriana een fantastisch kokkin was, alleen heel erg geheimzinnig over haar recepten. Als moeder naar de ingrediënten vroeg, zei Adriana altijd een beetje van dit en een snufje van dat, maar ze noemde nooit de precieze hoeveelheden. Ik knabbelde aan één stuk door op *carta musica*, een specialiteit van het eiland: knapperig brood zo dun als perkament. Adriana maakte het altijd warm voor me, en dan kreeg ik het met een scheutje olijfolie erop.

Toen Lea uit de kamer van de Ashtons kwam, bestempelde ze Prues groene zijden badjas als goddelijk. Ze vertelde me dat Prue de hele wereld over had gereisd. Ze had Lea een foto laten zien van haar drie witte honden, die er precies uitzagen als varkens. Een van de honden was verdronken in hun zwembad. Lea imiteerde Prues parmantige loopje door de kamer en de manier waarop ze 'lieverd' zei. 'Lieverd van me, zou je me even die handdoek aan willen geven?' Ik wilde Prue ook nadoen, maar dat stond ze niet toe. Wat meneer Ashton betreft, Lea had hem teleurstellend gevonden. Hij was veel ouder dan Prue; veertig, zei ze. Hij was te dik. Hij en Prue waren even lang, maar hij zag er een stuk kleiner uit. Hij praatte over vogels en hield van jagen. Vader zei dat hij rechtser was dan Djengis Khan. Wij hadden geen idee wat dat betekende, maar zijn toon en de manier waarop hij een wenkbrauw optrok deden vermoeden dat het iets was wat je maar beter niet kon zijn. Meneer Ashton maakte grapjes die zelfs Lea niet begreep. Hij rookte sigaren.

Lea wilde alles weten over Prue, maar die middag brachten de Ashtons en vader hun tijd door op de veranda, onder de pergola; de blauweregen boven hen wierp vreemde tatoeages van slangen en bloemen op hun gezichten en armen. Af en toe bogen vader en mevrouw Ashton zich fluisterend naar elkaar toe, hun hoofden bijna tegen elkaar aan, terwijl meneer Ashton tegenover hen zat en de ijsblokjes in zijn drankje onderduwde met een van de roerstokjes die wij zo graag pikten vanwege het dierfiguurtje aan de bovenkant. Af en toe leunde mevrouw Ashton naar voren om meneer Ashton haar glas te overhandigen, waarop hij op een drafje naar binnen ging en een paar minuten later met een gevuld glas terugkwam. Een keer waagde Lea het om naar hen toe te sluipen, maar vader keek haar aan en zei: 'Had ik niet gezegd dat je moest gaan spelen?'

'Ik wil niet spelen,' zei Lea op een toon alsof ze daar inmiddels te oud voor was. Ze huppelde het pad af dat van meneer Peters' huis en het strand wegdraaide, langs de villa van een excentrieke Engelsman die schapen hield in plaats van een grasmachine. De schapen blaatten op verschillende tonen tegen elkaar, sommige laag, andere hoog. Lea kon ze perfect nabootsen en ze reageerden op haar. Ik moest erom lachen. Het waaide en stof wervelde op van het pad. De geur van mirte en pijnbomen was allesoverheersend. Hoteldaken glinsterden in de verte. Ik vroeg me af in welk hotel moeder zou logeren. Dit had ze nog niet eerder gedaan. Eerder was het altijd vader die er regelmatig een tijdje tussenuit kneep. Ze had er een hekel aan om zelfs maar een dag niet bij ons in de buurt te zijn. Ze mocht ons graag het verhaal vertellen over de eerste keer dat ze alleen met vader naar Bella Terra was gegaan. Ze miste ons zo erg dat ze al na drie dagen naar Parijs terugging.

Lea en ik oefenden ons speciale loopje, waarbij we twee stevige passen namen en dan een hupje, op zo'n manier dat onze voeten tegelijkertijd neerkwamen.

Ik zie onze twee silhouetten nog steeds voor me, de grote slappe hoed die ik droeg, met de koordjes los. Om de zoveel tijd moest ik de hoed opnieuw opzetten als er een strootje door een gaatje stak dat op mijn hoofd kriebelde.

Toen we een hele tijd later terugkwamen zaten de grote mensen nog steeds op de veranda. Meneer Ashton wees naar een vogel die boven de gardenia's fladderde. Lea keek eerst door de verrekijker. Meneer Ashton zei dat het een uiterst zeldzame vogel was. Hij was niet groter dan de bloem van een gardenia en hing fladderend op één plaats in de lucht.

Toen zei Lea: 'Ik zie mama.'

'Nu ben ik,' ik trok aan haar arm.

'Wacht even,' zei ze.

'Toe nou.' Ik trok opnieuw aan haar arm.

Ze bleef maar turen. 'Ze heeft een lichtgroene jurk aan.'

'Geef hier,' zei ik.

'Ze staat met meneer Peters te praten.'

'Wie is meneer Peters,' vroeg Prue.

'Een schilder,' zei vader.

'Komt ze nou thuis?' vroeg ik.

'Ik weet het niet,' zei Lea. 'Ze praat nog steeds met hem.'

Ten slotte kon ik er niet meer tegen. Ik graaide de verrekijker uit Lea's handen. We rolden over de vloer. 'Voorzichtig,' zei meneer Ashton. Vader zei dat ik op moest houden. Hij probeerde me van Lea los te trekken. 'Stoppen,' zei meneer Ashton nu.

Plotseling vloog de verrekijker uit onze handen en sloeg met een klap tegen de muur. Ik hoorde een van de lenzen breken.

Meneer Ashton pakte zijn verrekijker op, hield hem schuin. Een heel klein stukje glas viel naar buiten. Hij staarde me met bedroefde ogen aan. Ze waren van het lichtst denkbare blauw.

'Onmiddellijk naar jullie kamer, allebei,' zei vader.

Ik volgde Lea over de patio en de trap af naar onze kamer. Ze ging met haar rug naar me toe op haar bed zitten, benen over elkaar. Ze haalde een doos met oude kaarten te voorschijn. Ik staarde naar haar rug, de bandjes van haar tuinbroek waren verschoven en ik zag de witte strepen waar de zon niet bij haar huid had gekund.

Later hoorde ik meneer Peters zeggen: 'Hartenvier.' Zijn stem bereikte ons vanuit de woonkamer. Omdat hij hardhorend was, kon hij soms schreeuwen zonder dat hij er erg in had. Dit gold in het bijzonder als hij aan de telefoon was, of wanneer hij zich ergens over opwond.

Lea zat al niet meer op haar bed. Uit het openslaande raam

leunend kon ik zien dat ze op de veranda stond, achter het gedeeltelijk gesloten luik. De wind was gaan liggen, maar zo nu en dan trok er een windvlaag door de woonkamer en begonnen de kaarsen te flakkeren. Ik zag nog net de punt van meneer Ashtons sigaar. De stroom was uitgevallen, maar het was nog niet donker; de hemel wierp een oranje gloed over zee en het lange, bijna rode haar van mevrouw Ashton. 'Wel opletten, lieverd,' hoorde ik haar tegen haar man zeggen.

Ik liep de veranda op en ging naast Lea staan. De wind stak op en ik voelde haar haren langs mijn gezicht strijken. Bougainvillebloesem zwierf over de betegelde vloer. Het geluid van grotemensenstemmen dreef naar buiten, de geur van de sigaar was te sterk en te zoet. Maar Lea draaide zich niet om.

De kaars op de keukentafel verlichtte Adriana's droevige en onbewogen gezicht; al haar trekken ontspanden zich en haar oogleden, haar lippen en zelfs haar wangen leken enigszins te gaan hangen. Maar zodra ze begon te spreken wekte ze een heel andere indruk. Ik weet haar droevigheid aan haar meerdere miskramen en had visioenen van tientallen doodskistjes die naar zee dreven. Slechts een maand voor onze komst had ze een baby'tje verloren. Ik had haar aan moeder horen vertellen dat ze de kleertjes waaraan ze de hele winter had zitten breien aan haar zuster had gegeven, die ook zwanger was. Zelfs als kind begreep ik dat het album waarin ze krantenknipsels verzamelde van alle rampen die het eiland troffen, van bosbranden tot ontvoeringen, op de een of andere manier verband hield met haar heimelijke ongeluk. Ik leunde tegen de tafel en keek ondersteboven tegen de vergelende krantenknipsels op de zwarte pagina's aan. Ze vertelde ons dat Bella Terra meer narigheid over zich heen had gekregen dan welk eiland ook, niet alleen door indringers maar ook door plagen.

Ze wees een foto aan van een man die tussen zijn vrouw en zijn kind in stond. Hij glimlachte en droeg een snor. 'Arme man,' zei ze. 'Ze hebben hem gevonden.'

'Wie?' vroeg ik.

'De verkeerde man die ze hadden ontvoerd,' zei ze.

'Waar?'

'Twee kogels. Een hier en een daar.' Ze prikte in mijn schouder en in mijn borst om duidelijk te maken waar de kogels naar binnen waren gegaan.

'Maar daar staat hij, met zijn vrouw en zijn dochter,' zei ik, naar de foto wijzend.

'Dat was daarvoor,' zuchtte ze.

Adriana bladerde snel door naar het begin van het album en bleef steken bij een foto die zo verbleekt was, dat ik alleen de omtrekken herkende. 'Deze vrouw heeft pas een tragisch leven gehad,' zei ze. Ze vertelde ons dat de vrouw verloofd was met een man, maar dat ze kort voor haar huwelijk op een andere man verliefd was geworden. Ze ging naar haar priester, die zei dat ze haar belofte niet mocht verbreken. De eerste nacht na haar trouwen droomde ze dat haar man haar zou vermoorden. Drie maanden later joeg hij haar achterna met een keukenmes. Hij werd opgesloten in een inrichting, maar elke zondag zocht ze hem op.

'Waarom is ze niet met die andere man getrouwd, waar ze eerder van hield?' vroeg ik.

'Het was te laat,' zei ze.

'Je moet nooit naar priesters luisteren,' zei Lea.

'Zeker wel,' zei Adriana.

'Wat is er nog meer met haar gebeurd?' vroeg ik.

'Op een ochtend werd ze wakker en was helemaal blind,' zei Adriana.

'Dat verzin je,' zei Lea.

'Geen sprake van,' zei ze.

'Wel waar,' zei Lea.

'En nou vooruit en spelen jullie,' zei Adriana.

'Vertel nog eens over je neef,' vroeg Lea.

'Welke neef?' vroeg Adriana.

'Die in de gevangenis zit,' zei ze.

'Ik weet niet waar je het over hebt,' zei Adriana.

Ik zeurde eindeloos bij Lea om het verhaal over Adriana's neef, maar ze wilde het niet vertellen. Ze stelde voor om blindemannetje te spelen. Ik moest de blinde zijn, zei ze, want zij had het bedacht. Ik liet me door haar blinddoeken en meenemen door de gang. Ik hoorde haar een deur opendoen. Ze nam me mee een kamer in en duwde me op een onopgemaakt bed. Ik trok mijn blinddoek af. Ze had me de kamer van de Ashtons binnengeleid.

Ik durfde niets aan te raken. Ik keek hoe Lea allerlei boeken doorbladerde. De meeste gingen over vogels. Toen ze een verzameling pillendoosjes op de ladekast zag staan, liet ze er een in de vorm van een ei in haar zak verdwijnen. Ik zag een groen, zeskantig bakje van jade. Binnenin zat een volgend bakje en daarin weer een. Het laatste was het kleinste bakje dat ik ooit had gezien. Ik zette ze op een rijtje en paste ze weer in elkaar. Lea opende de laden van het dressoir, voelde aan mevrouw Ashtons zijden ondergoed. In een aktetas trof ze tientallen onaangebroken spellen kaarten aan. Ik dacht dat ik iemand op de gang hoorde, maar het waren gewoon de stemmen van de grote mensen op de veranda. Lea zei dat we weg konden en dus slenterden we naar de tuin, naar de hangmat tussen twee pijnbomen: een net van goud in het licht van de laatste zonnestralen. We staarden omhoog naar de zwaluwen die pijlsnel door de lucht schoten. Ze vlogen hoog, nu even fladderend en dan weer voortglijdend op de wind.

7

De ochtend nadat de Ashtons waren gekomen, wapperde de rode vlag. Er liepen maar twee of drie mensen op het strand. De drijvende pier had zichzelf losgewerkt van zijn ankers en dobberde een eindje op zee. Parasols dreven ondersteboven en zelfs strandstoelen waren weggeblazen. De zandduintjes waar Lea en ik een paar dagen daarvoor nog hadden gespeeld waren opgeslokt door de zee.

Boven op een rots gezeten staarde ik naar het in het water wolkende zand. Grote kluwens zeewier waren naar de kust gedreven. Ik had een hekel aan door zeewier zwemmen; de manier waarop het aan mijn armen en benen bleef hangen bezorgde me visioenen van palingen. Heel in de verte dobberde Lea en ze deed of ze de fluitjes van de strandwacht niet hoorde. Af en toe verdween ze zelfs helemaal uit het zicht.

Het eerste wat ze zei toen ze op het strand stapte ging over mevrouw Ashton, of Prue, zoals ze haar inmiddels was gaan noemen. Wat denk je, zou ze al op zijn als we thuiskomen? Denk je dat ze zin heeft om mee te gaan zwemmen? Toen we de heuvel naar de villa opliepen moest ik haar alles vertellen wat ik nog wist van mijn bezoek met moeder aan Prues huis, maar voor ik de kans kreeg stelde zij de ene vraag na de andere. 'Toen ze zestien was hebben ze haar toch in een gekkenhuis gestopt?' vroeg ze. 'Dat weet ik niet,' zei ik, maar ik begreep dat dit niet het soort antwoord was waar ze op zat te wachten en schakelde algauw over op ja zeggen, hoe belachelijk de vraag ook was. Ik bevestigde dat mevrouw Ashton zichzelf voor de trein had gegooid. Ze had soms tientallen vrijers tegelijk gehad. Ze was voor het eerst ongesteld geworden op haar achtste. Lea was zelf net een paar maanden eerder begonnen te menstrueren en had een soort geuzengevoel over haar maandverband. Bij de drogist liep ze opgewekt naar de toonbank om er met luider stem om te vragen. Ik kon me niet voorstellen dat ik ooit zoiets zou durven; alleen al van de gedachte moest ik blozen. 'Kun je je voorstellen dat je op je achtste al ongesteld wordt?' ging Lea verder. 'Mama zei dat Prue niet wist wat er aan de hand was. Ze dacht dat ze doodging.' Volgens Lea had moeder aan een andere vriendin verteld dat Prue een beeld van de penis van haar eerste vriendje had gemaakt. In de vorm van een fontein. Moeder had giechelend de lengte aangegeven met haar handen, griezelig, had ze erbij gezegd, en ze was stilgevallen zodra ze Lea in het oog kreeg.

Gelukkig herinnerde ik me één klein dingetje waarvan ik wist dat Lea het leuk zou vinden. Voor ze drie honden kreeg, vertelde ik Lea, had Prue een aap. Ze was stapelgek op die aap, tot hij oud werd en haar op een dag aanvloog en beet.

Thuis luisterden Lea en ik aan Prues deur. Lea daagde me uit te kloppen, wat ik deed, maar zo bedeesd dat er niemand reageerde. Lea klopte hard en we hoorden Prue zeggen: 'Kom binnen.' Door de open deur zagen we haar lange benen en een plooi van haar witte japon. 'Kom binnen,' zei ze nogmaals, en Lea duwde de deur open. Prue stond naar de spiegel toegebogen om een oorring in haar ene neusvleugel te doen. Ik kende niemand die dit had en sloeg het met grote belangstelling gade. Ze vertelde dat ze het in India had laten doen. Lea vroeg of ze parfum uit een flesje met een roze verstuiver mocht spuiten en ze vulde de kamer met een geur waarvan ik moest niezen.

'En, meiden, hebben jullie iets om door te geven aan jullie moeder?' vroeg Prue.

Ik keek naar mijn handen, boog de vingers van mijn ene hand naar achteren. Ik kon niets bedenken.

Ik keek niet op toen Prue vroeg: 'Zal ik dan maar zeggen dat jullie verschrikkelijk veel van haar houden en dat jullie willen dat ze terugkomt?'

'Ja,' fluisterde ik.

We volgden haar door de gang.

Maar in plaats van meteen door te lopen naar de jeep stond Prue erop eerst eieren met spek te eten. 'Gewoon een licht ontbijtje,' zei ze. 'Geen lamskotelet of gerookte haring of zo.'

'Maar het middageten komt eraan,' zei Adriana, en Prue, druk gebarend, antwoordde: 'O, maak je geen zorgen, ik hoef geen middageten,' alsof daarmee het probleem was opgelost. Ze vertelde ons over haar familie. Haar moeder was tandartsassistente en haar vader tandarts. 'Stel je voor,' zei ze, 'ze hebben elkaar boven opengesperde monden leren kennen.' Ze vertelde ons over een tante die weigerde haar slaapkamer uit te komen en haar eten op een dienblad kreeg binnengebracht door haar broer. Ik wilde horen over het gesticht, maar durfde het onderwerp niet aan te snijden. Haar eerste echte vriendje had zelfmoord gepleegd toen zij zestien was. Ik bedacht dat hij het gedaan had omdat hij waanzinnig verliefd op haar was en zij hem had afgewezen.

'En dat brandende meisje, hoe zat het daarmee?'

'Aha, dus dat herinner jij je nog,' zei ze. Lea keek me met een schuine blik aan. Ze dacht kennelijk dat ik dit opzettelijk had overgeslagen. Maar dit specifieke detail was ik gewoon vergeten aan haar door te vertellen.

'Ze had zichzelf in brand gestoken,' zei Prue.

Ik probeerde me voor te stellen hoe iemand zoiets kon doen, maar ik kon het niet.

'Hoe?' vroeg ik.

'Ze wikkelde zichzelf in een handdoek en stak die aan,' zei ze.

Op dit moment verschenen meneer Ashton en vader. 'Ik heb een Sardijnse grasmus gezien,' zei meneer Ashton.

'Ik heb nooit begrepen wat hij ziet in vogels. Jullie wel?' zei Prue tegen ons. 'Tijgers en slangen, oké, maar vogels?' Wij lachten. 'Toen ik meneer Ashton pas kende, had hij nog helemaal geen belangstelling voor vogels. Hij deed of hij reuze geïnteresseerd was in buitenlandse films. Maar in feite moest hij er niets van hebben. Hij is te lui voor ondertitels! Daar had je me mooi te pakken, schat.' Mevrouw Ashton praatte altijd op deze spottende manier tegen haar man. Lea vond het leuk om haar blasé toontje na te doen.

Toen zei Prue dat het tijd werd om moeder te bellen. Iedereen keek toe terwijl zij de hoorn oppakte en op het rode knopje drukte. Ze schudde haar hoofd. 'Er is geen kiestoon,' zei ze. De telefoon deed het niet. Dit gebeurde zo vaak dat we simpelweg wachtten tot hij het weer wel deed. Naar een van de buren gaan om met hun toestel te bellen was zinloos, want het zou toch uren kosten om het telefoonbedrijf aan de lijn te krijgen.

Prue stelde een spelletje bridge voor terwijl we wachtten. Ze hadden een vierde man nodig en Lea bood zich aan. Ik gaf niet om bridge. Zelfs als moeder mijn partner was trilden mijn handen en raakte ik het spoor bijster. Ik vergat telkens hoeveel troeven er waren gespeeld.

Aan tafel maakte ik tekeningetjes van piepkleine mensjes tegen reusachtige heuvels. Ik keek voortdurend op naar Lea en bewonderde de manier waarop ze met de grote mensen meedeed: ze zat met een been over de armleuning van haar stoel en van tijd tot tijd zwaaide ze haar lange haar uit haar gezicht. Ze speelde geconcentreerd. Eerst wonnen zij en vader. 'Mooi gedaan,' zei vader tegen Lea. 'Aardje naar haar vaartje.' Maar toen zat het ze tegen. De Ashtons kregen fantastische kaarten, en ook al deden vader en Lea nog zo hun best, ze begonnen te verliezen. Vader zei tegen Lea dat ze zich misschien beter kon concentreren als ze dat haar van d'r niet zo in haar ogen liet hangen. En of ze niet liever gewoon ging zitten? De punt van het kleed zat dubbel onder haar stoelpoot.

'Soms laat je geluk je gewoon in de steek, niks aan te doen,' zei Prue.

'Maar zij houdt haar kaarten open onder jullie neus,' zei vader.

'Je kaarten recht voor je houden,' zei meneer Ashton, terwijl hij zijn sigaar doofde.

'Als ik dat zo zie, valt er niet zoveel te verbergen,' zei Prue.

'Verdomme Lea,' zei vader, 'zo heeft het geen zin om te spelen.' Hij smeet zijn kaarten op tafel.

'Stel je niet zo aan,' zei Prue, 'ik maakte maar een grapje.'

Ze speelden de hele rest van de ochtend, stopten even voor de lunch, waar Prue ondanks haar eerdere beweringen met smaak van at, en gingen daarna meteen verder. Vader was vastbesloten zijn verlies goed te maken. Maar ze bleven aan de verliezende hand. 'Jezus Lea,' zei vader 'waarom speelde je dat? Had je dan niet gezien dat de klaveraas al gespeeld was?'

Prue stelde voor om van partner te wisselen. De meisjes

tegen de jongens. Vader zei dat ze daar eerder mee had moeten aankomen en dat het nu te laat was.

Ik lag languit op de tegelvloer, luisterde naar het geluid van het zand dat tegen het glas waaide en tuurde naar de zee, die een en al schuimkop was.

Pas tegen vier uur wist Prue moeder te bereiken. Moeder was een echte El Greco gaan zien in de kerk van Stella Maris in Porto Santa, zei Prue. Later vertelde Adriana me dat het schilderij een geschenk was van een of andere Duitse industriemagnaat, uit dankbaarheid voor de genezing van een familielid. Ik keek vader aan om te zien of hij blij was, maar hij scheen volledig in beslag genomen door zijn verlies. Hij en Lea waren overtuigend verslagen en ze liepen zwijgend mee achter de Ashtons aan naar de parkeerplaats. De tegels waren zo heet dat ik moest rennen. Ik begreep niet dat Lea, die ook op blote voeten liep, het klaarspeelde om gewoon te lopen. Terwijl we keken hoe de Ashtons in de jeep stapten, legde vader een hand op mijn schouder. Ik herinner me de zwaarte van zijn hand en dat ik niet goed wist hoe ik mezelf moest houden, of ik stokstijf moest blijven staan of juist bewegen om op de een of andere manier te laten merken dat ik me van zijn hand bewust was.

Lea rende de heuvel af en ik ging achter haar aan. Telkens als ze door een baan zonlicht rende riep ze: 'He-heet!' Ze zigzagde met haar armen wijd over het groene golfterrein. Toen ging ze languit op haar rug liggen zonder mijn hoopje vuilwitte golfballen in het gras ook maar een blik waardig te keuren.

Door de wind was de golfbaan uitgestorven, we hadden het hele terrein voor onszelf.

Maar Lea wilde niet spelen en dus ging ik door met ballen zoeken tot de Ashtons terugkwamen.

Toen ik ten slotte de jeep hoorde, interpreteerde ik de snelheid waarmee hij aan kwam rijden als een teken dat Prue succes had gehad. Ze wilden zo snel mogelijk bij de villa terug zijn. Zelfs toen ik hem in het oog kreeg, met niemand op de achterbank, Prue achter het stuur en meneer Ashton naast haar, beeldde ik me in dat moeder zich op de een of andere manier onzichtbaar had gemaakt. Pas nadat ik door alle raampjes naar binnen had gekeken, moest ik erkennen dat ik me had vergist. En zelfs toen moest ik het nog vragen: 'Waar is mama?' alsof de Ashtons haar ergens verborgen hielden.

Terwijl ze een hand op Lea's schouder legde en de andere op de mijne, zei Prue dat we niet van haar mochten verwachten dat ze moeder na slechts één bezoekje kon overhalen om weer thuis te komen. We mochten de moed niet verliezen, zei ze. Ze was ervan overtuigd dat ze moeder vroeg of laat wel zover zou weten te krijgen.

Ik wou dat ze het mij lieten proberen. Ik wist zeker dat ik haar zou kunnen overhalen.

'Probeer de dingen altijd van de zonnige kant te zien. Vind je ook niet, schat?' Ze draaide zich om naar meneer Ashton, die naar de grond keek, iets onverstaanbaars mompelde en vervolgens een pad insloeg dat naar de voet van de tuin leidde, terwijl wij doorliepen naar de villa.

Vader stond in de deuropening. Prue nam hem bij zijn elleboog en hij stuurde ons naar onze kamer, maar door het open slaapkamerraam konden we ze horen.

'Zes jaar. Nooit iets van geweten,' zei Prue.

'Ja, zes jaar,' zei vader droog, alsof hij niet begreep waarom ze daar zo'n punt van maakte.

'Ze heeft beslist engelengeduld, als je 't mij vraagt...'

Op dat moment wilde ik aan Lea vragen wat Prue bedoelde. Hoezo, zes jaar? Maar Lea zei dat ik m'n mond moest houden.

'Ik kan niet zeggen dat ik het haar echt kwalijk neem,' zei Prue.

'Ach, val toch dood,' zei vader.

'Nou zeg,' zei Prue.

We hoorden haar door de gang wegslenteren en Lea schoot achter haar aan. Ik ging naar Adriana in het washok. Ik mocht het wasmiddel in het vakje doen. Het rook verrukkelijk. De lakens gingen er heerlijk van geuren. Ze klaagde dat ze haar nieuwe rooster niet prettig vond, 's avonds moeten overblijven om te koken beviel haar niet. Ze wilde het liefst zo snel mogelijk terug naar haar eigen Michelino. 'Waarom zeg je niet gewoon dat ze maar voor hun eigen eten moeten zorgen?' stelde ik voor, en ze schoot in de lach. Toen ze zich bukte om kleren uit de droger te pakken, sprong er een knoop van haar blouse. 'Dat is al de tweede keer vandaag,' zei ze. 'Ik begrijp niet hoe God erbij is gekomen om me zulke grote borsten te geven. Hij heeft zich vast vergist.' Ze sprak altijd zo vertrouwd over God, alsof Hij een goeie vriend was.

De Ashtons noch Lea verschenen aan tafel. Adriana had meloen met ham op tafel gezet. De witte lambrusco met de belletjes was al geopend. Vader en ik waren gaan zitten en wachtten op de rest. 'Ga eens kijken waar ze blijven,' zei vader.

De deur van de Ashtons stond op een kier. Lea lag op het bed en lachte hysterisch terwijl mevrouw Ashton, die over haar heen gebogen stond, haar kietelde. 'Stop, stop,' riep Lea aan één stuk door, terwijl ze van het bed probeerde te ontsnappen, maar mevrouw Ashton duwde haar steeds weer neer en ging ijverig door met kietelen. Meneer Ashton leunde tegen een bedstijl, zijn rug naar mij toe. Hij draaide zich niet om. Ten slotte gilde Lea: 'Als je nou niet stopt plas ik in m'n broek.' Ze duwde Prue van zich af en vloog de deur uit, waarbij ze mij bijna omverliep. Ze holde door de gang en ik ging achter haar aan.

Ze had een rood aangelopen gezicht en haar haren zaten in de war. Ze liet zich met een plof op haar stoel zakken. Toen tilde ze haar arm op met de bedoeling die om vaders schouder te leggen maar ze stootte met haar elleboog zijn glas wijn om. 'Godsamme,' zei hij. Lea strooide zout over het tafellaken.

Toen de Ashtons hun plaatsen innamen, viel er een ongemakkelijke stilte.

De wind rammelde aan de luiken en de ruiten. De wind had allerlei klanken, soms als een zacht gefluister, soms het geluid van bladeren die langs elkaar schuurden, en soms fluitend als een vogel, alleen hoger, alsof de lucht een buis werd binnengezogen.

'Je zou denken dat de wind verkoeling bracht, maar in plaats daarvan...' zei Prue, terwijl ze een hand op haar voorhoofd legde. 'Afschuwelijke migraine.'

Adriana bracht de soufflé binnen. Vanbuiten leek hij een beetje aangebrand, maar toen Prue hem aansneed en een stuk naar haar bord overhevelde, drupte de gesmolten kaas op het tafellaken.

'Volgens mij kan-ie nog een paar minuutjes hebben,' zei Prue.

'Zeg, maak je eigen klotesoufflé,' zei vader.

Prue legde haar hand op vaders arm. Heel even zag het ernaar uit dat hij zijn arm zou wegtrekken, of haar zelfs een mep zou verkopen, maar hij deed niets. Ik vroeg me af of vader boos was op Prue omdat ze moeder niet had weten terug te halen, of dat het te maken had met hun eerdere woordenwisseling.

Meneer Ashton zei dat hij de soufflé lekker vond, met verbrande korst en al. Veel smakelijker zo. Hij propte de punt van zijn servet in de boord van zijn overhemd en zei tegen ons dat wij dat ook moesten doen, maar Lea volgde zijn voorbeeld niet en ik dus ook niet.

Het gesprek verliep moeizaam, ondanks de inspanningen van Prue. Ze merkte op dat iedereen op het eiland familie van elkaar leek. De vrouw die haar benen kwam harsen, signora Martini, was een verre nicht van Adriana. Prue zei dat signora Martini haar een hele verhandeling had gegeven over hoe behaard de mensen tegenwoordig waren. Onze generatie was veel minder behaard dan de huidige, had de signora gezegd.

Tegen de tijd dat we klaar waren met eten, was iedereen een beetje aangeschoten. Prue stelde voor dat Lea de grote mensen zou imiteren. Vader vond het te laat worden. Wij hadden er al zo ongeveer in moeten liggen. Lea vroeg of we alsjeblieft nog even mochten blijven zitten. Ze liet zich voor zijn voeten op de vloer zakken.

'*Please, please*,' zei ze.

'Zeg, sta eens gauw op. Ik meen het, Lea,' zei vader.

'Toe nou,' zei Prue. 'Mag ze eerst mij nadoen.' Meteen begon Lea met een hand tegen haar voorhoofd door de kamer heen en weer te drentelen. 'O, mijn hemel. Die wind. Al die wind,' zei ze. De Ashtons lachten. Tegen de tijd dat Lea zei: 'Niet bepaald mijn idee van het paradijs. Niets dan zand, zand, nog eens zand en wind,' had ik het niet meer van het lachen. Alleen vader vertrok geen spier. Ik weet nog hoe Lea keek toen ze zich realiseerde dat hij niet lachte. Hij zat te spelen met de vaalgele was die om de provola had gezeten die we tijdens het avondeten hadden gehad. Hij had de was tot een bootje gekneed, eerst de romp en daarna voorzichtig het zeil. Lea vroeg of ze het mocht zien en hij gaf het haar, waarop zij het tussen haar vingers fijnkneep. 'Dat is niet aardig van je,' zei vader. 'Hoogste tijd om naar bed te gaan.'

8

's Ochtends kleurde het zonlicht één muur van onze slaapkamer en wierp een lichtplek op de mahoniehouten ladekast en mijn over de stoel gesmeten kleren. In een trage beweging zwaaide ik mijn benen over de rand van mijn bed. Ik stapte niet in mijn slippers omdat Lea klaagde dat ze wakker werd van het geluid als ik de trap naar het lagere gedeelte van onze slaapkamer afschuifelde. Ik stond op het punt de badkamer binnen te stappen toen ik stemmen uit de tuin hoorde komen. De wind leek wat te zijn afgenomen. Het was nog vroeg en de vogels kwetterden. De vogels hadden dezelfde kleur als de struiken, zodat het net leek of de struiken fladderden. Ik liep een pad af, maar moest ontdekken dat de stemmen uit tegenovergestelde richting kwamen, van de andere kant van de villa.

Ik zag eerst vader. Zonlicht streelde zijn kruin en verried het keurige rondje waar zijn haar dunner werd. Hij droeg het shirt waarin moeder hem het liefst zag, een lichtblauw shirt dat, zei ze, de kleur van zijn ogen zo mooi deed uitkomen. Misschien was hij naar haar onderweg. Hij ontnam me gedeeltelijk het zicht op de persoon met wie hij stond te praten, maar de broekspijp met verfspatten was voldoende om te raden dat het meneer Peters was. Die schoen zonder veter, onmiskenbaar.

Vader zei iets waar ik niets van kon maken. Hij klonk boos en leek snel van hem af te willen komen.

Meneer Peters deed een stap opzij, streek zijn vuilblonde haar van zijn voorhoofd en kneep zijn ogen half dicht tegen het zonlicht.

Ik dacht dat vader de zilveren clip uit zijn broekzak wilde pakken om hem een paar briefjes in de hand te duwen. Dat had ik hem in het verleden al bij verschillende gelegenheden zien doen. Maar het enige wat hij deed, was een blik op zijn horloge werpen. 'Ik heb een afspraak,' zei hij, en meneer Peters droop sleepvoetend af; zijn broek schuurde langs de takken van de struik waarachter ik me had verstopt en zijn schoenen schraapten over de tegels.

Vader bleef nog een ogenblik naar de tuin staan staren, om vervolgens naar de parkeerplaats te hollen. Hij scheen zich niet bewust van de sproeiers en hield niet in om een droge doorgang te timen. Hij was nog niet voorbij of de sproeiers besproeiden het pad.

Ik draaide me om en liep recht in de armen van meneer Ashton, die vanachter een struik te voorschijn kwam. 'Hola,' riep hij, terwijl we botsten. Ik voelde zijn verrekijker tegen mijn voorhoofd. Hij had een reserve-exemplaar. Ik rook de zeep die hij gebruikte, een sterk geparfumeerd soort zeep. Hij had verschillende stukken bij zich, kennelijk was zijn vertrouwen in de plaatselijke middenstand niet bijzonder groot. Hij verontschuldigde zich uitvoerig en zei toen dat hij naar Lea en mij had lopen zoeken. Hij had een nest met piepkleine eitjes gevonden en dacht dat we het misschien leuk zouden vinden om te gaan kijken. 'Dank u wel, maar ik wil papa uitzwaaien,' zei ik.

In mijn haast om mijn vader in te halen raakte ik verstrikt in de stralen van de sproeier. Ik rende de trap naar de parkeerplaats op en was nog net op tijd om dag te zeggen.

'Ik moet vandaag naar Rome,' zei vader, uit het raampje leunend. 'Ik ben voor het avondeten terug.' Ik keek in de jeep, of ik zijn aktetas zag. Die lag er niet. Ik stak een schuchter handje op om hem uit te zwaaien.

Ik wilde Lea het verhaal over vader en meneer Peters vertellen en smeet opzettelijk met de laden van onze kast. Ik ging naast haar zitten en liet mijn vingers door haar haren glijden. Maar ze sliep gewoon door.

Ik ging naar buiten, naar de patio, en spreidde mijn vochtige kleren uit op de tegels. Later kreeg ik daar een standje voor van Adriana, want ze bleken gelig te zijn geworden door het stof.

Pas toen Prue haar neus om de deur stak en Lea riep, werd ze wakker. 'Kom eraan,' riep Lea, terwijl ze uit bed sprong en in haar roze jurk van de vorige dag schoot.

Lea en Prue ontbeten met de mango's die ze onderweg bij een stalletje had gekocht. Ze bood mij een stukje aan, maar ik hield niet van de structuur van het vruchtvlees. Lea sabbelde op de pit, het sap droop over haar kin.

Na het ontbijt speelden Lea en Prue een partijtje bridge terwijl ik alle voorwerpen in een hoek van de woonkamer tekende: de glazen tafel met zijn zwarte wieltjes, de oude modelzeilboot op de schoorsteenmantel, de pot met vaal geworden zee-egelskeletten en zelfs de lange sofa met het stenen onderstel. De luiken waren dicht tegen de wind en het zand en het enige licht dat binnenkwam viel in schuine banen door de kieren. Lea's lichtroze jurk scheen Prues oranje zijden jurk te weerkaatsen. Ik weet nog dat ik opkeek en zag dat Lea de zoom van Prues jurk streelde.

'Heb je echt een aap gehad?' vroeg Lea aan Prue.

'Ja, echt waar,' zei ze. 'Hij heette Claudius.'
'Wat een rare naam,' zei Lea.
Prue vertelde Lea dat ze de aap liet rondlopen in een blauw-wit matrozenpakje met een bijpassende baret met rode pompon. Ze zei dat hij zelfs zijn eigen bed had, een wieg die ze er speciaal voor had aangeschaft. Ze had het dier geleerd het toilet in huis te gebruiken. Toen, op een dag, ze lag in bed, beet hij zomaar een heel klein stukje uit haar oor. Prue voelde aan haar oorlelletje. Maar ze had niet de moed gehad om hem te laten inslapen. Ze zou zichzelf er nooit toe hebben kunnen brengen om hem af te laten maken, ook niet nadat hij haar een tweede keer had gebeten. Uiteindelijk had die arme meneer Ashton het moeten opknappen.
Lea vroeg of ze de aap voor of na haar trouwen had gekregen.
'Voor,' zei mevrouw Ashton. 'Ik kan me zelfs nog herinneren dat ik tegen meneer Ashton zei dat hij kon kiezen, mij met aap, of geen van beiden.'
Daar moesten Lea en ik om lachen.
Ze bleven met elkaar praten, maar nu op fluistertoon. 'Fluisteren in gezelschap hoort niet,' zei ik, waarop Prue vroeg of ik er niet bij wou komen zitten, dan zou ze ook iets in mijn oor fluisteren, maar ik stortte me weer op mijn tekening en trok langzaam de omtrekken van de luiken. Ik had niet in de gaten dat Prue naderbij sloop. Toen ik haar blik over mijn schouder voelde, sloeg ik de bladzijde om. 'Te laat,' zei ze. 'Ik heb het al gezien. Je kunt geweldig tekenen, misschien word je nog eens een kunstenaar.' Hoewel ik haar verdacht van vleierij, kreeg ik een kleur van plezier. Ik deed extra mijn best op de vaas, voor het geval ze opnieuw kwam kijken. Ik heb er niets van gemerkt dat ze de kamer uitgingen.
Even later sjokte ik door de gang, mijn tekening in de

hand, langs de zeldzame litho's van bloemen op het papier met de vochtplekken. Adriana had me verteld over een wel heel erg noodweer tijdens de winter daarvoor. Hele stranden waren door de golven meegenomen. Huizen weggevaagd. De bewaarder van een van de villa's was wakker geworden omdat hij met matras en al door de gang dobberde. In een van mijn favoriete fantasieën zag ik die man in een ouderwets, lang nachtgewaad en met zijn slaapmuts nog op langzaam stroomafwaarts drijven op een rivier.

Nog steeds met mijn tekening in de hand, bleef ik voor de deur van de Ashtons staan. Ik tuurde door een kier. Lea en mevrouw Ashton lagen naast elkaar op het bed. Ze rookten. Ik was te verlegen om te kloppen en ging weg, stapte naar buiten op de veranda. De tekening slipte uit mijn vingers. Ze vloog weg over de tuin en verdween achter een paar struiken. Ik rende erachteraan maar de wind blies haar steeds verder; ten slotte kreeg ik haar te pakken, maar tegen die tijd zat ze onder de viezigheid. Ik huilde wanhopig.

Ik wist dat waar ik om huilde veel groter was dan gewoon maar een tekening. Ik ging op de veranda zitten en keek naar de schaduw van een gekko, de projectie van een reuzenhagedis op de tegels. Zand en bladeren waaiden op uit de kurkdroge tuin. Ik kreeg meneer Ashton in het oog, alleen het topje van zijn hoofd, en ging als een haas weer naar binnen.

Ik trof Adriana aan achter haar strijkplank. Ze stond een jurk van Prue te strijken. Ze klaagde over de Ashtons, die drie koffers met vuile was bij zich hadden. En hoe konden ze van haar verwachten dat ze hun bed opmaakte als ze nooit van hun kamer kwamen? Sommige mensen waren echt heel raar, zei ze. Stel je nou toch voor! Prue had haar gevraagd of ze niet alsjeblieft blauw, wit of roze toiletpapier in hun badkamer wilde leggen, in plaats van geel.

Ik liep achter Adriana aan terwijl ze haar werkjes deed. Ik mocht haar helpen met bedden opmaken, lakens en handdoeken opvouwen en paren maken van vaders sokken. Ik hielp haar met het rollen van de gnocchi. Toen het zover was moest ik Prue en Lea gaan roepen voor de lunch. Ik klopte en de deur schoof een heel klein stukje open, maar ik zag niemand. Ze waren de kamer uitgegaan.

'Weggegaan zonder eerst iets te eten?' vroeg Adriana. 'Wat is dát nou weer?'

Meneer Ashton zat al aan tafel.

Ik hield mijn ogen strak op mijn soep gericht en zag niet meer van hem dan zijn witte servet, dat hij met een punt in de boord van zijn overhemd had gestopt.

'Het ziet ernaar uit dat we met z'n tweetjes zijn vandaag,' zei hij.

Er volgde een stilte.

Hij deed zijn best een gesprek op gang te brengen, maar ik antwoordde in monosyllaben. Hij wilde weten of ik het leuk vond op school. Ik zei nee, maar vertikte het om uit te leggen waarom. Hij wilde weten of ik al een vriendje had. Op deze vraag weigerde ik elk antwoord. Ten slotte slaakte hij een zucht en zei: 'Tja, met kinderen praten is me nooit goed afgegaan.'

'En ik ben niet zo goed in met grote mensen praten,' zei ik, want ik kreeg medelijden met hem. Ik herinnerde me dat moeder had gezegd dat hij verlegen was. En dat hij het daarom ook moeilijk vond om iemand recht aan te kijken.

'Het zal ook wel saai voor je zijn, waar ze over praten,' zei hij.

'Ja, maar ik vind het wel leuk om te horen over de ondeugende dingen die mama en Prue deden toen ze op school zaten.'

'Ik heb begrepen dat jouw moeder zich altijd heel keurig heeft gedragen,' zei hij.

'En u dan?'

'Ik was een heel braaf jongetje,' zei hij. 'Misschien wel te braaf. Ik had een broer, ach, nou ja, dat is een lang verhaal. Vind je het goed dat ik rook?'

'Best,' zei ik, Lea's nonchalante toon imiterend. Eigenlijk hield ik niet van de lucht, die ik veel te sterk vond.

Hij stelde voor om een spelletje kaart te spelen, geen bridge maar gin rummy, en we deden een paar spelletjes onder de pergola. Ik was erg onder de indruk van de manier waarop hij de kaarten kon schudden, en hij nam de tijd om me te leren hoe het moest. Terwijl ik oefende in schudden, pelde meneer Ashton de ene vijg na de andere, om ze vervolgens in hun geheel in zijn mond te stoppen. Ten slotte vroeg ik of hij het goedvond dat ik wegging en liet ik hem alleen achter op de veranda.

Ik rende naar de villa van meneer Peters. Ik gluurde door een van de luiken naar binnen. Eerst kon ik niets onderscheiden dan de lichtstrepen die kriskras door de spleten in de luiken naar binnen vielen en een groene plant en de helft van een schilderij onthulden. Maar geleidelijk aan raakten mijn ogen aan het donker gewend en zag ik twee naakte figuren languit op de bank. Meneer Peters lag op zijn rug, met zijn mond halfopen. Hij snurkte. De vrouw, die ik eerst niet herkende, lag half over hem heen met haar gezicht van me af. Het licht viel op haar zachte blonde haar. Heel even dacht ik dat het Lea was die daar met meneer Peters lag te slapen, omdat het figuur bijna gelijk was aan dat van haar, tot en met de vorm van haar lange slanke benen en de smalle enkels, en omdat ik niet wilde toegeven dat het moeder was.

Zelfs toen ik besefte dat ik moeder zag, stond ik mezelf

niet toe het te geloven. Ik stampte een rondje om de villa van de schilder, door wind en door zand, terwijl ik met een stok op de muren en luiken sloeg en een liedje zong dat ik op zomerkamp had geleerd. '*Un kilomètre à pied ça use, ça use. Un kilomètre à pied ça use les souliers*.' Maar toen meneer Peters met een handdoek om zijn middel in de deuropening verscheen, ging ik er als een haas vandoor. Opnieuw wilde ik dolgraag aan Lea doorvertellen wat ik had gezien. Ik klopte op de deur van de Ashtons. Er kwam geen antwoord. Ik klopte nogmaals.

Tijdens het avondeten werd Prue op haar wenken bediend door Lea. Ze schonk haar wijn bij, gaf haar brood aan en besmeerde zelfs haar bolletje met boter. Ik schopte Lea onder tafel om haar aandacht te krijgen. Maar ze negeerde me gewoon. Ze was er zo op gespitst om elk woord dat over Prues lippen kwam op te vangen, dat ze nauwelijks at. Prue leek onaangedaan door de aandacht, alsof de adoratie van een jong meisje niet ongewoon voor haar was. Vader was in opperbeste stemming thuisgekomen en vroeg me of ik boter op mijn broodje wou. 'Glaasje wijn?' vroeg hij. Lea keek hem afkeurend aan en kneep mij onder tafel toen ik moest lachen. Vader leek zich vast te hebben voorgenomen om aangenaam gezelschap te zijn en veranderde van onderwerp. De Piazza di Spagna! Het huis van Keats. Toen hij gestorven was hadden ze de hele boel moeten uitroken. Meneer Ashton legde Lea en mij uit wat hij deed voor de kost. Hij werkte voor een bedrijf dat verf verkocht. Niet zomaar verf. Speciale verf, die werd gebruikt om schepen waterdicht te maken. Terwijl meneer Ashton ons probeerde bezig te houden, boog vader zich over naar Prue en vroeg: 'Hoe ging je bezoek?'

'Wat doet dat ertoe?' zei ze spottend, terwijl ze haar servet dubbelvouwde. 'Zolang jij niet van plan bent om te veranderen.'

'Sorry hoor,' zei vader, 'maar ik dacht niet dat ik je had uitgenodigd om me de les te komen lezen.'

'Grapje,' zei Prue. 'Maar als je 't weten wilt, ze was er niet.'

Ik wist waar ze was geweest.

'O,' zei vader.

'Je kunt niet alles hebben,' zei ze.

'Waarom niet?' vroeg vader.

'Ja, als je er zo over denkt zou ik zeggen, vermaak je. Ga je te buiten.'

Vader lachte.

'Je zou het me een stuk gemakkelijker maken als je een klein beetje discreter was.'

'Zij is anders ook niet bepaald discreet. Maar goed, nu staan we quitte.'

'Ik ben bang dat die vlieger niet altijd opgaat,' kwam meneer Ashton tussenbeide.

Ik begreep nauwelijks iets van dit gesprek. Hoe vader moest veranderen was me niet duidelijk. Misschien doelde Prue op zijn humeur. Ik weet zeker dat Lea alles begreep. Zij was een tiener, en ik was nog maar een kind.

Ik moest de hele avond en tot diep in de nacht wachten tot ik Lea eindelijk voor mezelf had. Ik klom bij haar in bed, waarop ze me vroeg of ik naar gedroomd had.

'Ik heb meneer Peters en mama samen op de bank gezien,' zei ik.

'O,' zei Lea. 'Dat wist ik allang.'

Ze deed een arm omhoog, zodat haar hand het door de gordijnen vallende maanlicht afsneed en liet haar hand toen met een smak neerkomen.

'Prue heeft liever niet dat we geel toiletpapier gebruiken,' zei ik.

'Nou en?' zei ze. 'Mij vertelt ze ál-les.' Ze rekte het woord zo lang ze kon voor zo veel mogelijk nadruk. 'En dan bedoel ik dingen die jij niet eens zou durven vermoeden...'

'Zoals wat?'

'Zoals haar eerste keer seks. Ze was pas twaalf. Ze wilde het gewoon achter de rug hebben. Het kon haar niet schelen met wie ze het deed.'

'Wauw.' Daar was ik toch wel van onder de indruk.

'En... zweer je dat je dit aan niemand doorvertelt?'

'Ik beloof het.'

'Ze zegt dat haar man een slechte minnaar is.'

'Niet waar,' zei ik.

'Ja hoor. Ik zweer het.'

'Nee.'

We lachten erom maar ondertussen vond ik het gemeen van Prue om zoiets over haar eigen man te zeggen. Maar ik liet het wel uit mijn hoofd om die gedachte met Lea te delen. Ze was compleet onvoorspelbaar voor me geworden. Dingen die ik vreemd vond, zoals dat mama met meneer Peters sliep, scheen Lea de gewoonste zaak van de wereld te vinden en dat meneer Ashton een slechte minnaar was vond ze kennelijk grappig.

9

De wind ging maar door. Niet langer de koele mistral uit het noorden, maar de hete sirocco uit Afrika. De volgende ochtend zat alles onder een dun laagje zand: borden, glazen, boeken en zelfs onze tandenborstels. Een paar pijnbomen hadden takken verloren. Toen ik langs de kamer van de Ashtons liep ving ik door de halfopen gordijnen een glimp op van een glanzend zilveren dienblad. Ik hoorde meneer Ashton klagen over de kruimels in zijn bed.

Ik ging op zoek naar Adriana en trof haar aan in onze slaapkamer, waar ze liep te mopperen dat onze bedden een crime waren om op te maken. Ze bestonden uit houten bakken die op een uit eilandgraniet gehouwen onderstel rustten, en de matrassen zaten zo krap in die bakken dat er nauwelijks ruimte was om de lakens in te stoppen. Ik hielp Adriana het laken over een punt te sjorren. Aan een kant naast het matras vond ze Lea's gouden horloge. Toen hoorde ik een bekend paar voetstappen. Ik liet het laken los en keek over de rand naar het lagere niveau.

Moeder stond in een bundel zonlicht. Ze droeg de limoenkleurige jurk die ze ook had gedragen op de dag dat Lea en ik haar met meneer Peters hadden zien praten.

Voorzichtig, de treden tellend, daalde ik de steile trap af.

Toen ze opkeek, hield moeder een in goudpapier gewikkeld pakje naar me op. 'Een voor jou, en het andere is voor Lea,' zei ze. In het doosje zat een koralen halsketting. Terwijl moeder zich naar mij overboog om de sluiting vast te maken, viel haar haar op mijn schouder. Ik rook die vertrouwde geur en greep haar stevig vast. Ik wilde nooit meer loslaten. 'Hé, laat me los,' zei ze lachend, terwijl ze voorzichtig mijn handen losmaakte uit haar nek. 'O, ik ben zo blij dat ik er weer ben. Ik heb jullie gemist.'

Ik frommelde een punt van mijn jurk met mijn hand in elkaar en probeerde toen de kreukels weer glad te strijken.

'Waar is Lea?' vroeg moeder.

'Die zit natuurlijk bij Prue,' zei ik, terwijl ik achter moeder aan de tuin inliep.

'Zijn ze dikke vriendinnen geworden?' vroeg ze.

'Ja,' zei ik.

'Dat had ik al gedacht,' zei ze. 'En hoe zit het met jou?' Ze pakte mijn hand.

Ik trok haar in de richting van de hangmat, in de hoop een moment met haar alleen te hebben, maar Prue en Lea verschenen op het pad.

Moeder en Prue stonden tegenover elkaar, hun rokken wapperden in de wind. Moeder hield die van haar met één hand naar beneden terwijl Prue de hare liet opwaaien, zodat haar lange bruine benen bloot kwamen.

Toen viel moeder Prue om de hals en hield haar stevig vast. 'Als je eens wist hoe blij ik ben dat jij er bent,' zei ze.

'Ik ben blij dat je hebt besloten om terug te komen,' zei Prue.

Lea stapte achter haar vandaan. Ze zei dag en hield haar armen krampachtig op haar rug.

Moeder reikte haar het andere gouden pakje aan, maar

Lea liet het in haar zak glijden zonder het open te maken.

'Krijg ik geen knuffel van je?' vroeg moeder. 'Ik heb je ontzettend gemist.' Ze probeerde Lea te omhelzen, maar die bleef stokstijf staan met haar armen langs haar zij.

'We gingen reukzakjes maken,' zei Lea. 'Prue heeft er gisteren een paar gekocht, in Arzachena.'

'Dat doen we later wel,' zei Prue, moeders arm pakkend. 'Jullie moeder en ik moeten eerst wat bijkletsen.'

Lea en ik keken ze na terwijl ze arm in arm het pad afliepen. Moeder keek even over haar schouder en riep zoiets als: 'Ben zo terug.'

Lea klom in de hangmat, zette stevig af en vroeg toen: 'Wat sta je daar te staren?'

'Gewoon,' zei ik.

Later gluurden Lea en ik door de houten luiken de kamer van de Ashtons binnen, en schrokken ons dood. Prue en moeder hadden hun gezicht ingesmeerd met een soort groene modder. Moeder lag op het bed en hing met haar hoofd over de rand. Prue leunde rokend achterover tegen een kussen.

'Herinner jij je die arme–' zei Prue.

'Afschuwelijk deden we,' zei moeder. 'Gemeen–'

'Maar het was haar verdiende loon,' zei Prue, waarop ze zich vooroverboog en iets zei wat ik niet kon verstaan maar waar moeder verschrikkelijk om moest lachen.

'Ik heb in geen tijden meer zo gelachen,' zei ze.

'Ik ook niet,' zei Prue. 'Niet sinds jullie huwelijksreis. Weet je nog hoe we toen konden lachen?'

Lea vertelde me dat Prue papa en mama had vergezeld op hun huwelijksreis, maar in Spanje was Prue verliefd geworden op een stierenvechter en er met hem vandoor gegaan. Mama had me dat verhaal ook verteld, alleen herinnerde ik me vooral het stuk waarin Prue in de zon gaat liggen bakken om mooi bruin te worden voor haar stierenvechter, maar doorschiet tot egaal karmozijn. Moeder had het Franse woord *cramoisie* gebruikt en zelfs als kind riep dat al zoveel meer bij mij op dan ons simpele 'verbrand'.

'Dat lijkt toch eeuwen geleden,' zei Prue.

'Ja,' zei moeder. 'Ik voel me stokoud.'

'Maar je ziet eruit als twintig,' zei Prue. 'En vijfendertig kun je toch nauwelijks oud noemen.'

'Jong is anders,' zei moeder.

'Ik ben zo blij dat je hebt besloten om terug te komen. Waardoor ben je van gedachten veranderd? Dat ene bezoekje van mij zal het toch niet gedaan hebben?'

'Ik miste de meisjes,' zei moeder. 'En hij zegt dat-ie zich zal gedragen.'

'Dat heeft hij vast al eens eerder gezegd,' zei Prue.

'Ja,' zei ze. 'Maar hij had nog nooit beloofd om ermee op te houden.'

'Aha,' zei Prue, terwijl ze haar arm uitstrekte naar de asbak op het nachtkastje.

Uiteindelijk kwamen ze Prues kamer uit; rond hun haargrens waren nog sporen van het groene masker zichtbaar. Moeder ging naar haar kamer en Prue zette ons aan het werk aan de eettafel: sachets naaien en vullen met rozemarijn en tijm.

'Waar hadden jij en mama het over?' vroeg Lea.

'Dát zou je weleens willen weten,' zei Prue. Ze boog zich voorover en porde Lea tussen haar ribben.

'Niet doen,' zei Lea, maar ze lachte.

'Over van alles,' zei Prue. Ze zette een meisjesstemmetje op en deed alsof ze kauwgom kauwde. 'Jongens en zo...'

Lea en ik lachten.

Toen boog Prue naar voren en liet een ijsblokje in de hals

van Lea's jurk glijden en Lea stond op en propte er een in haar jurk en Prue gaf een gil en deed het toen bij mij en iedereen lachte. Ze vertelde ons over de nachtelijke smulpartijen van haar en moeder, toen ze samen op kostschool zaten – sardientjes, yoghurt en allerlei zoetigheid, en Lea vroeg of ze alsjeblieft, alsjeblieft ook met ons zo'n nachtelijke smulpartij wilde doen. 'We zullen wel zien, wie weet,' zei ze. Ze vertelde ons hoe ze nachtenlang het ene verhaal na het andere deed, tot alle meisjes sliepen.

Prue stelde voor een wandelingetje te maken. Ik wist niet of de uitnodiging ook mij gold. Ik zie mezelf nog staan, onder de stenen toegangspoort, terwijl zij de heuvel aflopen naar het strand van Piccolo Pevero. Toen ging ik ze achterna.

Toen ik bij het strand kwam, bleek het verlaten, ik zag alleen een spoor van half dichtgewaaide voetstappen dat naar de duinen leidde. Af en toe kwam er een windvlaag en opstuivend zand striemde mijn benen en armen. De zee leek precies dezelfde kleur als de hemel, zodat het bijna onmogelijk was om de twee van elkaar te onderscheiden. Ze waren niet gaan zwemmen. Ik dacht dat ze misschien naar het andere strand waren overgestoken, dus beklom ik een aantal steile heuvels, waarbij ik om de zoveel tijd moest stoppen om een lading kleine steentjes uit mijn rode gympen te kieperen. Dit pad werd door zo ongeveer niemand gebruikt.

Bijna aan de top van een van mijn heuvels gekomen, hoorde ik stemmen. Ik kreeg Prue en Lea in het oog, die pirouettes draaiend het pad afdaalden. Hun bruine lichamen staken scherp af tegen de zon. Ze hadden alleen hun schoenen aan, verder niets. Ze huppelden, draaiden, riepen en lachten, en toen zetten ze het op een lopen. Ik wilde ze naroepen dat ze moesten stoppen en op mij wachten.

Maar toen besefte ik dat ik niet de enige toeschouwer was.

Aan de overkant van het pad, gedeeltelijk aan het zicht onttrokken door een struik, stond meneer Ashton, volledig aangekleed, handen diep in de zakken. Moeder had me gewezen op die gewoonte van hem. Ik had met hem te doen, want ik stelde me voor dat hij zich net zo voelde over Lea en Prues vriendschap als ik.

Na getuige te zijn geweest van dit schouwspel, rende ik naar huis. Ik was van plan het aan moeder te vertellen. Maar toen ik thuiskwam stond ze in de keuken in de tomatensaus te roeren en vader hakte basilicum fijn. Dit serene huiselijke tafereel was zo ongebruikelijk in ons gezin, dat ik het van mijn leven niet had durven verstoren. Daar kwam bij dat ik me afvroeg of ze me zouden geloven. Best kans dat ze me belachelijk zouden maken. 'Prue en Lea aan het dansen, in hun blootje, en meneer Ashton staat erbij te kijken?' hoorde ik vader al zeggen. Ik weet nog dat vader, in een van zijn zeldzame liefkozende gebaren, een hand op mijn hoofd legde.

10

De opvallende eensgezindheid strekte zich uit over de dagen die volgden. De wind hield onveranderlijk aan, maar behalve Adriana en ik was er niemand die het erg scheen te vinden. In de ene vleugel van de villa brachten vader en moeder hun tijd door in de slaapkamer en in de andere zaten Prue en Lea te kaarten. Meneer Ashton verschanste zich in zijn kamer of schuifelde rond in de wind.

Ik was voornamelijk alleen. Soms speelde ik met Carla, het nichtje van Adriana. We speelden oudste zus en jongste zus. Ik was de oudste zus, Carla de jongste. Carla moest doen wat ik zei. Ik liet haar tegen de wind en het stuifzand in langs de tuinmuur lopen. Ik dwong haar om aarde te eten, zoals Lea ook ooit bij mij had gedaan, en kocht daarna haar stilzwijgen met de belofte van een assepoesterpop.

Op een middag, na een dag van onvrijwillige opsluiting in de villa en de tuin, liep ik langs de kamer van de Ashtons. Ik had geen vooropgesteld plan. De luiken stonden op een kier. De zon viel recht op Prues ladekast en vroeg alle aandacht voor de pillendoosjes. Ik keek snel om me heen, zag niemand, glipte naar binnen en liet het kleine doosje van jade dat ik eerder al zo had bewonderd in mijn zak glijden. Waar het te verstoppen? Ik verborg het in de geheime bergplaats waar ook Lea haar spullen legde, onder een losse tegel in onze slaapkamer.

Ik twijfel er geen moment aan dat ik het daar legde om Lea moeilijkheden te bezorgen, hoewel ik dat toen in alle toonaarden ontkend zou hebben.

Die hele middag wachtte ik tot Prue of Lea iets zou zeggen, maar er kwam geen enkele toespeling. Uit de manier waarop Prue en Lea ophielden met praten toen ik bij ze in de buurt kwam, maakte ik op dat ze het wisten.

Pas 's avonds werd het onderwerp ter sprake gebracht. Prue en moeder zaten in de woonkamer aan hun gin-tonics.

Lea kwam huppelend de kamer binnen. Ze had net gedoucht en haar haar was nog nat. Ze liet zich naast Prue op de bank ploffen.

'Als er één ding is waar ik een hekel aan heb, dan is het wel oneerlijkheid,' zei Prue. Ze articuleerde alle woorden even duidelijk en schoof een stukje op, weg van Lea.

Ik had het gevoel dat ze haar woorden rechtstreeks tot mij richtte, al was het duidelijk dat ze het tegen Lea had.

'Waar heb je het gelaten?' vroeg Prue aan Lea.

'Wat?' vroeg Lea.

'Dit moet een misverstand zijn,' zei moeder.

'En het is niet de eerste keer,' zei Prue.

'Ik weet niet wat je bedoelt,' zei Lea. Ze stond met haar handen in de zij, maar haar gezicht werd zo rood als een pioen.

'Doe nou maar niet alsof,' zei Prue. 'De pillendoosjes.'

'Misschien moesten we Adriana eens vragen,' stelde moeder voor. 'Adriana.'

'Ja,' antwoordde Adriana. Ze stond met haar voeten een beetje uit elkaar, onwrikbaar. Ze maakte een krachtige indruk, ondanks haar kleine gestalte.

‘Heb jij misschien de pillendoosjes van mevrouw Ashton gezien–’

‘Het ene groen en het andere lichtblauw, in de vorm van een ei,’ zei Prue.

‘Nee,’ zei Adriana, enigszins verstoord, alsof moeder wilde zeggen dat zij ze had gestolen. Ze liep met stevige pas de gang door en wij wachtten zwijgend af.

Ik had de waarheid moeten vertellen, maar ik kon mezelf er niet toe brengen. Ik hoopte vurig dat Adriana de twee doosjes niet zou vinden.

Toen ze terugkwam hield ze ze in haar hand.

‘Is dit wat u zocht?’

Ik voelde dat ik een kleur kreeg. Ik kon geen woord uitbrengen.

‘Die groene heb ik niet gepakt,’ zei Lea.

‘Maar de andere wel,’ zei Prue.

‘Ik kan je niet vertellen hoe ik me schaam,’ zei moeder. ‘Wat zal ik zeggen, Prue. Lea, bied onmiddellijk je verontschuldigingen aan.’

Lea wierp me een blik van volslagen minachting toe. Ze sloop ervandoor naar de tuin, ondanks de wind, en ik trok me stilletjes terug op onze kamer. Op dat moment voelde ik me volledig verantwoordelijk voor het misverstand tussen Prue en Lea.

Die avond wilden de grote mensen ons mee uit eten nemen. Maar toen moeder ons kwam roepen, was Lea nog steeds niet teruggekomen. Ik durfde niets te zeggen. We stapten met z’n allen in de jeep. Het waaide, de ruiten van de jeep rammelden in hun sponningen.

‘Waar blijft Lea toch?’ vroeg vader.

‘Die zal er zo wel aankomen,’ zei moeder.

‘Helen, ga eens kijken wat ze uitspookt,’ zei vader.

Ik klom uit de jeep. De wind blies de voordeur met een klap achter me dicht. Binnen was het stil. Ik bleef even staan om de woonkamer in me op te nemen – de rode vloertegels en de banken met hun oranje bekleding met de geborduurde bloemen – en liep door naar de veranda. Niets dan het geluid van de bougainville, als crêpepapier, die heen en weer streek over de patiovloer. Een paar uitlopers waren verstrikt geraakt in de zoom van het zware crèmekleurige gordijn. Toen hoorde ik gesnik.

Lea zat op de trap, hoofd in haar armen.

Ik liep voorzichtig naar haar toe. ‘Waarom huil je?’

‘Ik huil niet,’ zei Lea, terwijl ze een mouw over haar ogen haalde.

Ik legde mijn hand op haar schouder, maar ze schudde me van zich af. Ik ging naast haar zitten en zij strekte haar benen uit. Ze zaten onder de schrammen. Ze liet haar vinger over een extra diepe kras gaan.

‘Ze zitten op ons te wachten,’ zei ik.

‘Kan me niet schelen,’ zei ze.

‘Hé meiden,’ hoorden we moeder roepen.

‘Kut,’ zei Lea.

‘Kut,’ zei ik.

‘Het is allemaal jouw schuld,’ zei ze.

‘Spijt me.’

‘Spijt me,’ zei ze, mijn stem nabootsend en de spot drijvend met mijn berouw. ‘Wat koop ik daarvoor? Je hebt alles verpest.’

In de jeep keek ik de hele tijd in de achteruitkijkspiegel naar Lea, die stijf tegen het zijraampje aan zat. Op een gegeven moment begon ze het raampje naar beneden te draaien, maar Prue zei: ‘Och, alsjeblieft!’

Aan beide kanten van de jeep rezen grote stofwolken op, zodat we alleen konden zien wat er pal voor ons was: af en toe een glimp van het golfterrein, een schijfje blauw water en verder vooral nog meer stof en steen.

Het hotel was, net als de meeste villa's, witgeschilderd. Met zijn talloze torentjes had het ook een betoverd kasteel kunnen zijn, en de roze en paarse bougainvilles schenen fluorescerend in het wegstervend zonlicht.

Toen we aankwamen stapten meneer Ashton en Prue uit de jeep. Lea sprong naar buiten, maar sloot zich niet aan bij de rest en bleef staan treuzelen om klavertjes te plukken.

'Zal ik je helpen?' vroeg ik. Lea haalde haar schouders op en vader draaide zich om en maande ons tot voortmaken. Ik rende vooruit.

Het restaurant stond aan het strand; een glazen wand scheidde ons van zee en zand. Misschien dat dit de drukte van die avond verklaarde. Het gaf de mensen het idee dat ze zo goed als op het strand zaten. Het restaurant moest de suggestie van een boot wekken. In de achtermuur hadden ze patrijspoorten in plaats van ramen, en een soort kleine sloepen zonder zeil.

Mij viel het wachten tussen de gangen altijd al lang, maar die avond leek het eindeloos. Het restaurant was nogal onderbemand en iedere ober was in zijn eentje verantwoordelijk voor een dozijn tafels. Tegelijkertijd stond een heel aantal hulpkelners er doelloos bij, alsof ze een speciale taak hadden toegewezen gekregen waarvan ze niet mochten afwijken. Twee keer liet ik mijn servet vallen, en twee keer kreeg ik een nieuw.

Toen ze uiteindelijk ons eten brachten, kreeg ik de verkeerde vis. Ik zou er niets van hebben gezegd, maar Lea riep: 'Dat heeft ze niet besteld.'

'Geeft niet,' zei ik.

'Nee, nee,' zei vader. 'Je hoort te krijgen wat je hebt besteld. Stuur maar terug.'

'Als zij het nou niet erg vindt,' zei moeder.

De kelner zei dat het door mijn accent kwam. Ik had gefluisterd. Hij had het niet begrepen.

'De brutaliteit,' zei vader, 'om dat kind de schuld te geven.'

'Misschien heeft ze het inderdaad niet goed gezegd,' zei Prue.

'Ze zei het net als iedereen,' zei Lea.

Ik kreeg een kleur van genoegen omdat Lea me te hulp schoot, maar toen ik de boze blik zag die ze Prue toewierp, realiseerde ik me dat ze het waarschijnlijk meer voor Prue had gezegd.

'Ik heb zo'n gevoel dat de wind gaat liggen vanavond,' zei moeder.

'Laten we het hopen,' zei vader.

'Misschien kunnen we met z'n allen gaan picknicken,' zei Prue.

'Wat een geweldig idee!' zei moeder.

'Ik weet het niet, hoor,' zei vader. 'Zand en beestjes in je eten!'

'Ik heb de pest aan picknicken,' hoorde ik Lea fluisteren.

Lea tikte met haar voet tegen de tafelpoot. Ze plukte een gele bloem uit het boeketje dat midden op de tafel stond, trok er een voor een de kelkblaadjes af en veegde met de oranje stamper over het tafelkleed. 'Kijk,' zei ze, met een blik op de deur, 'daar heb je meneer Peters.' Lea en ik zagen hem eerder dan de grote mensen. We zagen hem onvast door de zaal schuifelen. Zo aangekleed hadden we hem nog nooit gezien. Hij droeg een marineblauw pak met een wit overhemd, en zijn blauwe das met groene strepen werd door een gouden clip op zijn plaats gehouden. Zelfs zijn bril was nieuw en glanzend.

'Hallo,' zei hij, zo luid dat sommige mensen zich omdraaiden. Zonder te vragen trok hij een stoel bij van het tafeltje naast ons en ging tussen moeder en Prue in zitten. Hij speelde met het botermesje, trok het met de scherpe kant over het witte tafellaken.

Er viel een ongemakkelijke stilte. Een hulpkelner kwam onze glazen opnieuw vullen met water.

'Ik moet jullie iets vertellen,' zei meneer Peters.

Iedereen aan tafel draaide zich naar hem toe. Hij deed zijn mond open, en weer dicht. Hij pakte moeders glas wijn op. Hij speelde met Prues pistoletje.

'Is dit echt nodig?' vroeg vader.

Meneer Peters streek zijn haar naar achteren. Hij schraapte zijn nagels met het botermes.

'Lea is een toonbeeld van gezondheid,' zei vader, ongetwijfeld in een poging het gesprek in een andere richting te sturen. 'Binnenkort ben je een jongedame.' Lea zag er op haar mooist uit, haar wangen bloosden van de wind en het zand, en haar haar was bijna wit. Haar voorhoofd glinsterde. Ze maakte de twee bovenste knoopjes van haar jurk los. Het was een onschuldige handeling. Ze had het warm.

Maar toen moeder de kraag van haar eigen jurk dichtsloeg, een gebaar dat ook Prue begreep, werd Lea zich bewust van wat ze aan het doen was. In plaats van er weer een dicht te doen, maakte ze nog een knoopje los.

Op dat moment kwam meneer Peters met zijn opmerking.

'Ja, ze ziet er heel aantrekkelijk uit vanavond,' zei hij. 'Nog een paar jaartjes en ze is een lek–'

Vader ging staan, maar meneer Ashton was hem voor. Ik stond versteld van zijn snelheid. Hij gaf meneer Peters een stomp in zijn gezicht. Meneer Peters ging neer. Zijn bril viel af.

Plotseling was het muisstil. Toen, terwijl moeder bij meneer Peters neerknielde, kuchte er iemand. De kelner kwam op hoge benen naar onze tafel. 'Pardon,' zei hij, 'neemt u mij niet kwalijk. Dit soort gedrag kan ik niet tolereren in mijn zaak.'

'Maakt u zich geen zorgen,' zei vader. 'Dit was het wel voor vanavond.'

De kelner veegde zijn voorhoofd af met zijn witte servet en sloop stilletjes weg, af en toe over zijn schouder kijkend, als om te controleren we ons niet opnieuw misdroegen. Hij mompelde iets tegen het orkestje en ze begonnen te spelen.

'Ik vraag me af waarom–' zei Prue.

'Hij had niet–' zei meneer Ashton.

'Het is allemaal de schuld van Lea,' zei Prue.

'Hoe bedoel je?' vroeg vader.

'Je hebt haar zelf gezien,' zei Prue, het gebaar imiterend waarmee Lea haar jurk had losgeknoopt.

'Ach, kom nou toch,' zei vader. ''t Is een kind.' Hij wendde zich tot Lea, maar die zat niet meer op haar plaats.

'Ze is vast even naar het toilet,' zei moeder.

Prue legde haar servet neer en schoot door de eetzaal, met meneer Ashton in haar kielzog.

Ondertussen was meneer Peters weer gaan zitten. Zijn neus bloedde en hij hield er een wit servet tegenaan.

Vader liep naar de bar.

Lea was nergens te bekennen.

Ik bleef achter met moeder en meneer Peters. Moeder sloeg haar arm om me heen, maar ik werkte me er algauw onderuit en begon met de kaars te spelen, tilde hem uit de rode lantaarn en tekende patronen op het tafelkleed met druppels kaarsvet. Ik ving maar heel weinig op van wat moeder en meneer Peters tegen elkaar zeiden. Ik dacht steeds dat Lea elk ogenblik terug zou komen. Toen het orkestje stopte, werd het geluid van het zand tegen het raam hoorbaar. Meneer Peters vroeg maar steeds: 'Waarom?' terwijl moeder keer op keer antwoordde: 'Maar je moet het wel begrijpen. Alsjeblieft, begrijp het nou.' Moeder keek voortdurend schichtig mijn kant op.

Ik verdween stilletjes van tafel, liep door een gang naar buiten en kwam op het strand.

De wind waaide en joeg het zand op, dat tintelend langs mijn armen en benen schuurde. De zee was ruw en bedekt met korte, felle golfjes. De houten parasols kraakten. De blauwe kussens vlogen buitelend over het zand, één raakte te water. Ik bleef staan om het zand te voelen. Het was ruw, heel anders dan op het strand van Piccolo Pevero. Van Lea was geen spoor te bekennen, maar in de verte, onder de paarse lucht, zag ik een speeltuintje; niet meer dan een glijbaan en een paar schommels. Ik was dol op schommels.

Ik schommelde een hele poos, met mijn ogen dicht tegen wind en stuifzand.

Toen ik stopte zag ik meneer Ashton tegen het enige toegangshekje staan. Aarzelend stak ik het speeltuintje over. Ik vroeg me af of moeder of vader hem had gestuurd om mij te zoeken. 'Sorry,' fluisterde ik, maar hij bleef tegen het hek geleund staan. Hij rookte. De reuk van zijn sigaar was sterk en zoetig. Hij inhaleerde diep en blies traag uit. De as waaide in mijn haar. Hij had zijn bruine haar in een zijscheiding en het werd door brillantine keurig in model gehouden.

'Heb je Lea gezien?' vroeg hij. Prue had hem er waarschijnlijk op uitgestuurd om Lea te zoeken. Ze stuurde hem voortdurend om allerlei boodschappen.

'Nee,' zei ik, mijn blik op het zand gericht. Ik maakte een glad plekje met mijn voet. Er kwam zand in mijn lakleren schoen, waarvan ik pas later, toen ik door de tuin van het hotel naar boven ploeterde, het gewicht voelde.

'Wil je me helpen haar te vinden?' vroeg hij.

'Goed,' zei ik.

Hij deed het hekje open en ik volgde hem. Hij liep snel, heel snel, met kwieke pasjes. Ik moest me steeds meer inspannen om hem bij te houden, tot ik bijna rende: een trap van afgeplatte stenen op, langs en over Afrikaanse goudsbloemen en omgewaaide toortsen, door een stuk met een wirwar van stroompjes en ten slotte via een klaverweitje naar een wankele gele trap die uitkwam bij een zij-ingang van het hotel.

Ik hield even in om over mijn schouder naar het restaurant te kijken. De muziek klonk gedempt. Na de sprankelende zonsondergang deed het interieur van het hotel koel en schimmig aan. De lege balzaal waarin ik me inmiddels bevond, was koud en donker en het tegenovergestelde van het restaurant, met al zijn licht en het gekletter van messen en vorken op porselein. De balzaal was vol schaduwen, langs een van de muren stonden tafels en een kroonluchter werd half beschenen door het allerlaatste zonlicht, dat door een kier in een paar donkere fluwelen gordijnen piepte. Het tapijt was zo dik dat ik mijn eigen voetstappen niet kon horen. Het plafond leek buitensporig hoog. Ik liep achter meneer Ashton aan de dames-wc's binnen. Hij riep Lea. Voor een spiegel bleef hij staan en hij haalde een zwart kammetje door zijn haar zonder de scheiding te raken. Op dat moment realiseerde ik me dat er iets niet in orde was, alleen had ik het idee dat het te laat was om er iets aan te doen. Hij trok me in een van de hokjes binnen. Ik hoorde de harde klik van het slot, zijn handen lagen om mijn nek. 'Als je gaat schreeuwen wurg ik je,' zei hij. Ik schreeuwde niet. Ik deed wat hij zei. Ik trok mijn groene jurk en bijpassende ondergoed uit. Ik stond een beetje voorover, mijn armen stevig voor mijn borst. Ik probeerde mijn ogen op de roze tegels gericht te houden terwijl hij de bril van de wc naar beneden deed en ging zitten. Ik dacht dat hij moest. Ik luisterde naar het kraken van de bril. Toen ik opkeek, zag ik een wittige vloeistof op zijn penis glinsteren. Ik dacht dat hij ziek was en richtte me opnieuw op de vloer met de roze tegels. Ik zag een veeg rode lippenstift op de vloer. 'Hier wachten, jij,' zei hij. 'En geen woord hierover, tegen niemand. Dit is ons geheim.' Ik bleef naar beneden kijken, hoorde de deur van het hokje dichtgaan. Ik luisterde naar zijn voetstappen door de toiletruimte, het geluid van zand dat in de tegels gewreven werd, als piepend krijt op een schoolbord.

Uiteindelijk werd het stil. Ik trok mijn ondergoed aan, mijn jurk, gluurde door de halfopen deur. Ik wachtte nog een poosje, een eeuwigheid voor mijn gevoel, maar in werkelijkheid waarschijnlijk niet meer dan vijf of tien minuten. Ik was bang dat hij zich schuilhield achter een deur of een pilaar. Ten slotte had ik het niet meer en ik rende zo snel ik kon door de entree, waar ik bijna tegen een elegante vrouw met opgestoken haar botste. Ik rende de trap af, de tuin door en het strand over, in één keer door tot aan het restaurant, waar de Ashtons aan het dansen waren alsof er niets was voorgevallen. Lea stond bij het buffet en at een roomsoes. Vader en moeder zaten tegenover elkaar aan tafel. Op mijn bord lag een zilveren vis; in zijn glazige oog flakkerde het licht van de kaars.

Vader sloeg met zijn hand op tafel en moeder deinsde geschrokken terug.

'Wat heb ik er toch hekel aan als je zo bent,' zei ze.

'En ik haat het als–'

'Er is helemaal niets,' begon moeder, en de rest kon ik niet horen.

Hun stemmen klonken gedempt.

Ik stond naast de tafel en zag een vlek op het witte damast. Het glas lag nog steeds op zijn kant. Maar niemand scheen er oog voor te hebben en ik vroeg me af of ik het al dan niet overeind zou zetten. Moeder keek mijn kant op en gebaarde me bij haar te komen, maar zij en vader leken zo boos op elkaar dat ik maar naar Lea ging, die nog steeds bij het buffet stond, waar het uitgestalde eten – de ham, de meloen, de mozzarella met tomaat, en de oranje vulling van de zwarte mosselen, die lagen te glinsteren in het inmiddels zachte licht – er niet langer smakelijk uitzag.

Ik vouwde mijn armen om Lea's middel en legde mijn wang op haar borst.

Op de terugweg lag ik naast Lea achter in de jeep, op de vloer. Ik zag dat de ramen van een kerk, die overdag geel leken, nu zwart waren. Ik stelde me voor dat we in een trein zaten, in ons eigen afgescheiden compartiment.

'Prue,' zei meneer Ashton, met schuldbewuste stem.

'Je begint nou toch echt irritant te worden,' zei Prue.

'Maar dat–'

'Alsjeblieft,' zei moeder. 'O, alsjeblieft.'

'Als je dat nog één keer zegt, dan zal–' zei vader.

'Als je had geluisterd,' zei Prue.

'Ach, schei toch uit,' zei vader.

Ik had geen idee waar ze het over hadden. Het kon me

niet schelen. Het geluid van meneer Ashtons stem, nog geen halve meter bij mij vandaan, kon ik nauwelijks verdragen. Ik concentreerde me op de maan, die achter de wolken gleed en weer te voorschijn piepte, een langgerekt nevelspoor achterlatend. Mij deed het denken aan een slang, maar Lea vond dat het meer op een ei leek.

Later die nacht werd ik wakker. De kamer ging van licht naar donker op het ritme van de langs de wolken schuivende maan. Lea's bed, waarvan de witte lakens waren teruggeslagen, verdween en kwam weer te voorschijn. De ruiten trilden in hun sponningen, dorre bladeren ritselden over de stenen en in de verte klonk de wind als de zee. Van tijd tot tijd, als het even niet zo hard waaide, hoorde ik de krekels. Ik stapte uit mijn bed en liep naar het raam. Ik staarde naar de weerspiegelingen van de maan op zee. Ik voelde me heel ver weg, alsof ik de maan was die haar licht op mij liet schijnen. Ik weet nog dat ik bij Lea in bed kroop en haar warme lichaam tegen het mijne voelde.

11

De daaropvolgende dagen was de stemming in de villa om te snijden; hadden de Ashtons even geen ruzie, dan onze ouders wel, alsof het etentje de laatste restjes zelfbeheersing bij ons thuis in één klap weg had gevaagd. Iedere ochtend begon het te waaien, 's middags werd het erger en tegen de avond stormde het. De bomen werden heen en weer gezwiept en zand vloog door de lucht. Af en toe hoorden we een tak kraken, een boom omvallen. Ik had een gevoel alsof ik op een schip zat dat een speelbal was van de golven. We zaten met zijn allen vast in de villa. De Ashtons kwamen zelden uit hun kamer. Onze ouders en de Ashtons spraken met elkaar in monosyllaben.

Ik was waarschijnlijk de enige die zich verheugde over deze spanningen. Maar ik kon niet volledig aan meneer Ashtons aanwezigheid ontsnappen. Soms bracht een tochtvlaag de zoetige, misselijkmakende geur van zijn sigaar onze kamer binnen. Als ik zijn voetstappen hoorde, kroop ik weg in de inloopkast op onze slaapkamer.

Lea en ik waren aan elkaar overgeleverd, maar ze weigerde tegen me te praten. Ze was nog altijd boos. Normaal gesproken zou ik geprobeerd hebben haar uit haar slechte humeur te lokken, maar ik voelde me op een vreemde manier apathisch. Na wat er was gebeurd, schenen mij haar zorgen onbelangrijk.

Ik raakte geobsedeerd door een schilderij dat in onze slaapkamer hing. Vader had ons verteld dat de schilder het had gemaakt terwijl hij in de gevangenis zat. Dit had me nooit eerder dwarsgezeten, maar nu merkte ik dat het me zowel aantrok als met afschuw vervulde, hoewel het onderwerp ogenschijnlijk niets afschrikwekkends had: een witte ezel voor een rotsachtig landschap zoals we ook op Bella Terra hadden. De kop van de ezel was gedraaid, alsof hij verwachtte dat er iemand aankwam, maar er was niemand. Op de een of andere manier zat zijn schaduw niet op de goede plaats. Die zou, voor mijn gevoel, voor hem moeten liggen in plaats van achter hem. Ik zat uren naar het schilderij te staren, terwijl Lea met haar rug naar mij toe op haar bed zat. Een keer keek ze in haar geheime bergplaats. 'Als je hier met je vingers aankomt doe ik je wat,' zei ze.

'Ik zal er niet aankomen, ik beloof het,' zei ik.

'Dat zei je de laatste keer ook,' zei ze. 'Je bent niet te vertrouwen.'

'Jawel hoor. Best,' zei ik, en ik nam me voor me aan mijn woord te houden. Dat deed ik altijd, maar soms kon ik er niets aan doen, dan moest ik even kijken omdat ik dacht dat het de enige manier was om haar geheime gedachten te lezen.

Lea ging op haar rug liggen, haar handen gevouwen onder haar hoofd.

'Ik wou dat ik al volwassen was,' zei ze.

'Waarom?'

'Omdat ik dan de hele wereld over kan reizen,' zei ze. 'Dan kan ik doen wat ik wil.'

'Maar je doet al wat je wilt,' zei ik. 'Ik geloof niet dat ik ooit groot wil worden.'

Dit was het langste gesprek dat we in dagen hadden gehad. Ik liep heel voorzichtig naar haar bed.

'Lea?'

'Ja.'

Ik stond op het punt op haar bed te klimmen, toen ze me een van haar typische Lea-blikken toewierp. Ik was graag naast haar gaan liggen, met mijn hoofd op haar schouder.

'Niks,' zei ik. Ik kon er niet toe komen haar over meneer Ashton te vertellen.

Misschien dat moeder me had kunnen troosten, maar die bracht een groot deel van haar tijd achter gesloten deuren door. Toen ik op een avond, samen met haar in bad, overwoog haar te vertellen wat er was gebeurd, vertrouwde ze me toe dat ze soms zo graag weer een kind wilde zijn. Zou het niet heerlijk zijn om geen verantwoordelijkheden te hebben, geen andere zorgen te hebben dan de wind en wanneer hij zou gaan liggen, zodat we naar het strand konden? Ze zei dat ik vast binnenkort borsten zou krijgen. Zij was op haar elfde begonnen met ongesteld te worden. Ik weet nog dat ik dacht dat ik geen borsten wilde. Ik wilde het liefst zo plat blijven als een jongen.

Vreemd genoeg was Prue degene aan wie ik het uiteindelijk bijna had verteld. Vader en meneer Ashton waren boodschappen gaan doen en ik slenterde zomaar wat door de smalle gang, tegels tellend, toen me opviel dat haar deur op een kier stond. Ze zat aan tafel, niet naar zichzelf te kijken, maar naar foto's. Toen ik mijn hoofd om de deur stak, legde ze ze in een la.

'Hallo, dame,' zei ze, zich omdraaiend.

'Hallo,' zei ik. Ik bleef op de drempel staan.

'Kom verder.'

Ik liep haar kamer in en bleef bij haar bed staan, een hand op de bedstijl.

'Wat was je aan het doen?' vroeg ze.

'Niks. Wat waren dat voor foto's?'

'Van mij,' zei Prue. 'Kom maar kijken.'

Ze legde de foto's van zichzelf uit op de tafel. Ik herkende haar nauwelijks. Op een ervan was ze helemaal kaal. Op een andere had ze kortgeknipt haar en zag ze eruit als een jongen. Ze moest lachen om mijn gezicht en liet ze weer in de la verdwijnen.

Ik had ze graag wat beter bekeken.

'Zeg eens, wat wou je me komen vertellen?' Ze staarde me half spottend aan en heel even dacht ik te begrijpen waarom Lea zo op Prue gesteld was.

'Ik heb dat andere pillendoosje weggepakt.'

'O ja, dat had ik al een hele poos in de gaten,' zei ze, terwijl ze een flap van haar lange witte rok over de andere trok.

'Maar je bent nog steeds boos op Lea?' vroeg ik.

'Zegt ze dat?'

'Nee, maar dat dacht ik.'

'Soms zijn dingen ingewikkelder dan ze lijken,' voegde ze er geheimzinnig aan toe. Ze vertelde me dat ze eens een vriendin had gehad die ze aanbad. Waar de vriendin was, was zij ook, alles wat zij deed, deed ze na, totdat haar vriendin haar op het laatst wegstuurde en zei dat ze nooit meer terug hoefde te komen. 'Ik was totaal van de kaart toen, maar ik zal wel ontzettend saai zijn geweest.'

Lea noemde mij vaak saai, maar ik wist dat Prue niet op mijn band met Lea doelde.

'Je bedoelt dat Lea zo is,' zei ik.

'Iets in die geest,' zei ze.

'Ik heb iemand ontmoet,' zei ik. 'Op het strand.' Ik staarde diep in haar ogen, op zoek naar een glimp van herkenning, maar ze bleven me onbegrijpend aankijken. Toen werd ik bang dat ik te veel had gezegd.

'Wie?' vroeg ze, terwijl ze haar lange haar in een wrong naar achteren deed, maar het toen losliet.

'Niemand.'

'Vooruit dan, zeg het maar.'

'Nee, nee, nee,' zei ik.

Adriana was de enige die in de gaten had dat ik anders was. Ik weet nog een keer in de keuken, de wind gierde om het huis en ik stond met mijn hoofd tegen het raam naar de wervelende bougainvillebloesems te kijken, toen ze mijn naam riep, de Italiaanse versie ervan: 'Helenina, wat is er met je?' Ik draaide me om en zij trok me in haar zachte warme schort.

12

Toen ik de volgende ochtend wakker werd, had ik het gevoel dat er iets miste. Gefilterd licht viel door de gordijnen, speelde op de rode tegels, accentueerde de blauwe banen op het behang. Het patroon van roze en gele bloemen leek verbleekt. De gordijnen hingen stil. De wind was gaan liggen. Het geluid had zoveel dagen constant aangehouden dat ik zeker wist dat ik het nog steeds hoorde, net zoals je denkt het ruisen van de zee te horen in een schelp die je tegen je oor houdt.

Uit de keuken drongen stemmen door.

'Een picknick is gewoon niet mijn idee van een leuk uitje,' zei vader.

'Och, kom nou toch, lieverd,' zei moeder.

'Sinds de dag dat ik hier ben zijn we niet meer naar het strand geweest,' zei Prue.

'Laten we gaan,' zei Lea.

Een paar dagen eerder zou ik het vooruitzicht van een picknick op het strand toegejuicht hebben, de gedachte aan over het zand hollen, zwemmen. Nu wilde ik alleen maar in de villa blijven, op mijn kamer.

Ik deed niet mee aan de voorbereidingen voor de picknick. Ik werd uit bed getrommeld, maar bleef samen met Lea op de kleine patio bij de keuken hangen. We slenterden van de ene hibiscus naar de andere en verzamelden de bloemknoppen die 's nachts afgevallen waren.

Ik lette pas op de grote mensen toen Adriana een macaber verhaal aan Lea begon te vertellen over een man die had geprobeerd zelfmoord te plegen maar er alleen in was geslaagd om zijn gezicht eraf te knallen. Moeder vroeg of Adriana niet iets vrolijkers kon bedenken. 'Dit is geen verhaal voor de kinderen,' zei ze, en Adriana liep resoluut de keuken uit om de was aan de lijn te gaan hangen en Lea en ik gingen achter haar aan. Waarom had hij zelfmoord willen plegen? wilde Lea weten. Het enige wat Adriana wist was dat hij nu in de heuvels woonde, samen met zijn hond. Hij droeg altijd een bivakmuts.

'Zelfs als het heet is?' vroeg ik.

'Ik bid elke avond eventjes voor hem,' verklaarde Adriana.

Lea vond dat je dan maar beter dood kon zijn. Maar daar was Adriana het niet mee eens. Ze kende een meisje dat volledig verlamd was, ze kon alleen met haar ogen knipperen en één vinger bewegen. Dit meisje had een ontroerend boek geschreven.

Misschien is het Adriana geweest die het Cervostrand voorstelde. De grote mensen hebben tot de laatste minuut lopen heen en weren over naar welk strand we moesten gaan. Vader wilde graag een nieuw strand proberen. Hij had horen praten over een roze strand van koraalgruis. Prue wilde naar het Cala di Volpe.

Alleen Lea en mij kon het niets schelen. Lea was bezig de hibiscus die ze net had geplukt te pletten in haar aantekenschrift. Ze liet het schrift aan Prue zien, maar Prue zei dat ze het nu even te druk had met andere dingen. Ze moest zichzelf uitgebreid insmeren om klaar te zijn voor de zon.

Het Cervostrand komt mij nu voor als een vreemde

keuze. We konden er niet met de auto komen, maar moesten het hele eind naar het Piccolo Pevero te voet afleggen en dan nog een stuk over een steil pad dat bezaaid lag met gruis en keien, hetzelfde pad als waar ik Prue en Lea naakt had zien dansen. Misschien viel de keuze op Cervo omdat dat, en het Piccolo Pevero, de twee best tegen de wind beschutte stranden waren. Hoewel het bladstil was, vreesde iedereen dat de wind weer zou opsteken.

Aan het begin was ik ervan overtuigd dat iedereen zich in zekere zin opgelucht voelde, behalve ik. De avond tevoren had het geregend en alles sprankelde. De golfbaan lag er glinsterend bij. Witte shorts en hemden staken af tegen het gras. De bloemen geurden extra doordringend. Ik herinner me dat Lea bleef staan tot ik haar had ingehaald. Ze wreef de bloemknop van een kervelbloem fijn tussen haar vingers, zodat ik moest niezen, lachte en rende voor me uit.

Dat is een moment dat ik graag vasthoud: Lea voor me zien in haar witte jurk en slappe witte hoed, haar krullende haar in de warmte.

Ik voelde me alsof ik onder water zat.

Prue marcheerde ver vooruit. Ze had een sjaal om haar hoofd en af en toe zag ik een rode flits boven de struiken. Lea rende naar voren en weer terug, van Prue naar moeder en vader en mij, terwijl meneer Ashton op grote afstand volgde.

Toen we bij het eerste strand kwamen, het Piccolo Pevero, was het er afgeladen. Het hele eiland scheen er te zijn samengestroomd. Er was bijna geen stukje van het witte zand te zien. De lucht van zonnebrandcrème en eten was overweldigend. Vader merkte op dat het maar goed was dat we niet van plan waren om hier te picknicken. We liepen langs een man die met twee vrouwen in de schaduw van een parasol lag. De man riep vader. Ik herkende hem niet meteen als de taxichauffeur die ons van het vliegveld naar huis had gereden. Hij maakte een opmerking over het weer, zwaaide een vinger heen en weer voor vaders neus. Toen stelde hij vader voor aan zijn vrouw en dochter. Hij wees naar Lea, die al op haar rug in het water lag. Het water was ongewoon warm. Ik had verwacht dat het koud zou zijn, na zoveel winderige dagen. 'Een vriend van me is overleden na een duik in koud water,' zei meneer Ashton bedaard en met zware stem. Ik had niet gemerkt dat hij ons had ingehaald. Ik zag voor me hoe zijn vriend in het water dook en even later kwam bovendrijven, met een grote luchtbel onder zijn kleren. Ik sprong er ook in en zwom zo snel ik kon naar Lea. Ik staarde omhoog naar de hemel. Smetteloos blauw. Onze eerste keer zwemmen leek alweer zo lang achter ons te liggen. Ik voelde geen enkele aandrang om naar zee-egelskeletten te zoeken en dit leek me op de een of andere manier betekenisvol.

Toen we achter het strand langsliepen, door het stuk met het zachte zand en de gele netels die daar zo wonderbaarlijk wisten te overleven, waren de grote mensen nog steeds in opperbeste stemming. Vader zei dat hij het leuk vond om de taxichauffeur weer gezien te hebben. Ik liep tussen vader en moeder in. Lea vertelde van de keer dat wij een paar mensen op hun billen hadden getikt met stokken, waar ze beiden om moesten lachen. 'Stelletje ondeugden,' zei vader, maar zijn stem klonk geamuseerd. Toen rende Lea vooruit. Hij riep haar na, maar ze verdween om een bocht. Ook Prue was inmiddels niet meer te bekennen. Ik keek voortdurend over mijn schouder om te zien of meneer Ashton er nog wel aankwam. Hij slofte voort, zijn blik op zijn voeten. Hij droeg altijd leren schoenen, zelfs naar het strand, en zwemmen deed hij nooit.

We hadden net de eerste heuvel beklommen, die erg steil

was en bezaaid met grote rotsen en keien die de weg versperden, toen we plotseling het geluid van hoeven hoorden. Ik keek op en zag Lea midden op het pad staan terwijl een wit en een zwart paard in galop over de top kwamen. Lea bleef stokstijf staan, en de paarden zwenkten om haar heen. Ze galoppeerden recht op ons af. Vader duwde moeder en mij aan de kant. Een stofwolk wervelde op. In een flits zag ik een vrouw in een glanzend wit shirt op het ene paard en een man in het zwart. Ze vlogen de heuvel af. 'Idioten,' zei vader, terwijl we ze nakeken over het pad en ze vervolgens over het witte zand zagen draven waar wij even tevoren nog hadden gelopen. Ondertussen had Lea zich weer bij ons gevoegd. Ik keek haar langdurig aan, speurend naar een vlek op haar maagdelijk witte jurk en hoed, in de gedachte dat ze hier toch niet zonder kleerscheuren van af had kunnen komen.

Hoewel dit voorval een dip in de stemming van de grote mensen betekende, kwam niemand op het idee om terug te gaan, zelfs moeder niet. Pas toen we de top van de tweede heuvel bereikten gaf moeder lucht aan haar twijfels. Haar hart begon vreemd te doen, zei ze. Ze wist niet of ze het zou volhouden, helemaal tot aan het strand.

Vader stelde voor om een paar minuten op adem te komen. Hij haastte zich uit te leggen dat we al op tweederde van de route waren. We hoefden nog maar één heuvel over en daarna was het alleen nog maar een vlak stuk. En het uitzicht was alleszins de moeite waard. Moeder zei dat ze zich afvroeg of ze wel het hele eind terug kon lopen. Meneer Ashton, die ons weer had ingehaald, zei dat het tegen die tijd een heel stuk afgekoeld zou zijn en dat we het langzaam aan zouden doen. 'Hoe dan ook,' zei vader, 'het ziet er niet naar uit dat we nog iets te kiezen hebben. Lea is ervandoor, zoals gewoonlijk.'

'Die komt zo wel terug,' zei moeder.

Het moet ondertussen tegen een uur of een gelopen hebben, de zon stond hoog aan de hemel en brandde op de bruine struiken en de stenen. Ik liep te hopen dat meneer Ashton bij ons weg zou gaan. Steeds als zijn blik bij toeval de mijne kruiste, kregen zijn ogen iets leegs, alsof hij me niet wilde zien. Hij was ongewoon spraakzaam en vertelde ons dat hij de avond tevoren een wild zwijn tegen het lijf was gelopen. Hij had de ogen van het beest zien glinsteren in het donker, zei hij. Ze hadden recht tegenover elkaar gestaan. 'Wat hebt u toen gedaan?' vroeg ik, zonder nadenken. Ongetwijfeld omdat het idee hem in het nauw gebracht te zien door een wild varken me wel aanstond. 'Ik ben achter een struik gekropen,' zei hij. Er zaten nog steeds klissen op zijn broek en shirt.

Als toen meneer Peters niet in de verte was verschenen, zijn voorhoofd afvegend met een grote witte zakdoek, had moeder wellicht geweigerd om verder te gaan. Meneer Ashton zei: 'Kijk eens wie daar achter ons aan komt? Een hopeloos geval!' Moeder zei dat ze zich beter voelde en stond toe dat meneer Ashton haar bij de arm nam. Ik wilde niet dat ze arm in arm met hem liep, maar toen ik mijn protest liet horen zei ze dat ik haar dan maar bij haar andere arm moest nemen, dus rende ik naar vader en pakte zijn hand. Ik vond het verschrikkelijk om mama op meneer Ashton te zien leunen. Ik keek voortdurend achterom om te zien of meneer Peters ons nog steeds volgde. Zijn gezicht was vuurrood. Eén keer zag ik hem wuiven met zijn witte zakdoek, daarna was hij verdwenen. Van Lea of Prue was nog steeds geen spoor te bekennen.

De zon was zo heet dat ik dacht dat ik een brandlucht rook. Ik verlangde ernaar de zee te zien, en uiteindelijk, toen we over heuvel nummer drie kwamen, zagen we haar: een zilveren vlakte in de verte, met een motorboot en een waterskiër als een speelgoedbootje en een mier erop vastgeplakt.

Lea kregen we ook in het oog; ze was bijna bij de voet van het klif gekomen. We zagen haar zigzaggend haar weg zoeken.

Los van het adembenemende uitzicht op zee vanaf het klif, en de beschutte ligging, was het Cervostrand met zijn smalle strookje zand het slechtste uit de buurt. De zee inlopen was een kunst op zich. Er lagen honderden en nog eens honderden kiezelstenen; gladde, grijze, gele, roze, zwarte en bruine kiezels. Maar het water was ongelooflijk helder. Je kon kiezel na kiezel van elkaar onderscheiden.

Tegen de tijd dat we het strand bereikten, was ik flink verhit en klaar voor een tweede duik.

Lea stond op de pier en liet steentjes over het gladde wateroppervlak kaatsen. Prue zat een paar passen verderop, aan het eind van de pier, haar voeten net niet in het water, rug naar het strand gekeerd, hoofd nog steeds in de sjaal gewikkeld. Ik slenterde naar de waterkant en liet de golfjes over mijn voeten spelen zonder Lea uit het oog te verliezen. Ik zag hoe ze met een uitdrukking van afkeer haar gezicht afwendde toen een kleine motorboot de baai binnenvoer en haar spelletje in de war stuurde. Ik wilde niets liever dan haar hand grijpen en haar meesleuren en vertellen wat er was gebeurd. Maar wat er gebeurde was dat Prues sjaal op de een of andere manier te water raakte en naar de bodem zonk. Lea dook en dook nog eens, in een poging hem boven te halen, maar hij was te diep weggezakt.

De boot was het enige middel van transport dat het strand kon bereiken. Ieder uur legde een motorsloep van een hotel in Costa Paradiso in de baai aan. Het strand zelf was in tweeën gedeeld: de ene helft speciaal voor de hotelgasten en de andere helft was vrij toegankelijk. Het hotel zette parasols en ligstoelen op, waarvan je alleen gebruik mocht maken als je een gast was.

Ik was juist in de schaduw van een van die parasols neergestreken, zo ver mogelijk bij meneer Ashton vandaan, toen een jongen met blonde krullen heel gedecideerd naar ons toe kwam lopen en vroeg of wij in hotel Porto Cervo logeerden. Toen vader hem meedeelde dat dat niet het geval was, vertelde de jongen ons dat we niet onder de parasols mochten liggen. Vader zei dat hij niet zo belachelijk moest doen. Er waren drie mensen op het strand en tientallen vrije parasols. Moeder probeerde verzoenend tussenbeide te komen: 'Lieverd, het is niet echt, we kunnen...' De jongen zei dat dit nou eenmaal de regels waren. Hij had ze ook niet verzonnen. Hij zette zijn handen in zijn zij. Vader ging staan, zijn hoofd botste op een haar na tegen de houten parasol. De jongen schopte in het zand, maar van ons af. Hij mompelde iets over met zijn chef overleggen. Vader zei: 'Doe dat vooral.' De uitkomst van deze korte gedachtewisseling was dat we onder onze parasols bleven liggen, maar dat ik elke keer als het motorbootje binnenkwam vreesde te moeten vertrekken.

Ik keek opnieuw naar de pier en zag dat Lea heel voorzichtig naar Prue toe schuifelde. Ze stak haar arm uit en legde haar hand op Prues schouder, maar die schudde haar af en Lea deed een paar stappen terug. Toen zei Lea iets. Ik kon niet horen wat. Prue ging staan. Ik kon zien dat ze boos was. Ze zei heel snel iets. Lea's schouders gingen hangen en toen draaide ze zich om en rende weg over de pier en het strand, een spoor van opstuivend zand achterlatend. '*Attenzione, attenzione*,' riep een vrouw. Lea verdween in een van de kleedhokjes achter op het strand.

Al die tijd had ik op een ligstoel in de zon gelegen. Mijn benen jeukten verschrikkelijk, misschien door zon en zout, en ik liep naar het water om te gaan pootjebaden, ook al wist ik dat het zout het alleen nog maar erger zou maken.

Toen ik omkeek naar het strand, zat Lea op haar knieën onder een parasol iets op een stuk papier te schrijven of te tekenen; vanaf die afstand kon ik het niet zien. Haar gezicht ging schuil onder haar slappe witte hoed. Een paar keer verfrommelde ze een velletje, nam een nieuw, wierp een blik op haar gouden horloge, en ging door met schrijven. Ten slotte scheen ze tevreden; ze vouwde een velletje dubbel en liet het in de zak van haar jurk glijden. Ze begroef de proppen en slenterde in de richting van de ijscotent.

Ik waadde dieper het water in. Het was lastig om mijn evenwicht te bewaren op de kiezelstenen. Ik had er al mijn aandacht voor nodig. Ik stak een hand uit om in een groepje lichtgroene visjes te grijpen, maar ze glipten door mijn vingers. Toen riep mijn moeder: 'Wil je een stukje meloen?'

'Nee, dankjewel,' zei ik.

'Ga Lea even zoeken en vraag of zij wil,' zei moeder. Ik liep het strand over, Lea's spoor volgend in het zand. Ik probeerde mijn voeten precies in haar afdrukken te zetten. Toen ik haar vond stond ze te praten met de jongen die tegen ons had gezegd dat we niet onder de parasols mochten zitten. Hij droeg een vreemd blauw oorringetje in de vorm van een Z in één oor. Hij stond te roken en Lea, hand op haar heup, babbelde Italiaans.

Ik vond haar er erg volwassen uitzien. Toen ze een trekje van zijn sigaret nam, kon ik niet geloven dat ze zoiets durfde.

Ik keek de hele tijd om naar mijn ouders en vroeg me af of zij zagen wat ik zag. Toen maakte Lea een gebaar dat ik moest komen. Ik rende naar haar toe. Ze stak haar hand in haar zak en gaf me een briefje. 'Aan Prue geven. Het is geheim. Aan niemand laten zien.' De jonge Italiaan plaagde Lea met haar *innamorati*.

Maar toen ik bij de grote mensen kwam, hoorde ik moeder zeggen: 'Nee, heus, ik vind niet dat we dit gesprek zouden moeten voeren.'

'Waarom niet?' vroeg Prue.

'Weet ik niet,' zei moeder. 'Dat vind ik gewoon.'

'Maar waarom dan?' vroeg Prue.

'Het spijt me,' zei moeder.

'Waarom zeg je toch altijd dat het je spijt?'

'Wat wil je dan dat ik zeg?' vroeg moeder.

'Mijn god,' zei Prue.

'Ook goed, dan spijt het me niet.'

'Nou, nou,' zei vader.

'Ach, bemoei jij je d'r niet mee,' zei moeder.

'Je klinkt nog steeds aangebrand,' zei Prue.

'Ja, natuurlijk,' zei moeder.

Op dit moment kwam vader toch tussenbeide: 'In vredesnaam, waar hébben jullie het over?'

'Nergens over,' zei moeder, naar haar handen kijkend.

'Waar is Lea?' vroeg vader plotseling.

Hij keek mij aan. Ik wees in de richting van de parasol waar Lea en de jonge Italiaan inmiddels niet meer stonden. Maar vader scheen tevredengesteld en liet zich weer onderuitzakken op zijn ligstoel.

Moeder vroeg of ik mee ging zwemmen. Ik stemde in omdat ik wist dat ze een excuus zocht om een poosje van de anderen verlost te zijn. Zodra ik terugkwam zou ik het briefje aan Prue geven. Nu was overduidelijk niet het juiste moment. Ik verborg het briefje in een van mijn rode gympen.

Moeder hield haar nek krampachtig omhoog, zodat haar haar niet nat werd. We zwommen een heel eind, tot waar de zee heel diep was en het water zwart. Je kon je voeten niet zien. Dat was nóg een bijzonderheid van het Cervostrand. Het begon heel ondiep en dan plotseling zakte de bodem onder je vandaan.

Toen ik op het strand terugkwam was er nog steeds geen enkel teken van Lea. Meneer Ashton was bezig Prues rug in te smeren. Ik weet nog dat ik naar zijn handen staarde, en dat het me opviel dat die in geen enkel opzicht verschilden van wiens handen dan ook. Ze waren heel erg doorsnee, niet groot en niet klein, niet bijzonder behaard noch glad, en zijn nagels waren schoon en netjes geknipt. Maar juist dat gewone beangstigde me. Ik ging in het zand liggen en deed een spelletje. Ik sloot mijn ogen, telde tot tien en opende ze weer om te zien of Lea al terug was. Ik zag de jongen met het blauwe oorringetje op een gezin van zeven afstappen dat zich zojuist onder een parasol van het hotel had geïnstalleerd.

Ik bleef maar wachten op het juiste moment om Prue het briefje te geven. Prue en meneer Ashton zaten naast elkaar en ik zag geen mogelijkheid haar het briefje te geven zonder dat hij het zou zien. Ook wilde ik niet te dicht bij hem in de buurt komen, want ik zag al voor me hoe hij een hand uit zou steken en mij bij m'n enkel grijpen, hoewel ik wist dat dit heel onwaarschijnlijk was zolang er anderen bij waren. Naarmate de tijd verstreek leek mijn opdracht moeilijker te worden. Hongerig als we allemaal waren na de lange wandeling en het zwemmen, vielen we gulzig op het eten aan. Het was al laat, een uur of half drie. Meloensap druppelde van meneer Ashtons kin in zijn borsthaar. Prue pakte het hele karkas van de kip op en begon te kluiven. Vader bleef iedereen maar wijn bijschenken. Moeder was rozig van de wijn of de zon of beide. Zelfs ik propte me vol, met provola, een specialiteit van het eiland waar ik bijzonder dol op was: een heel grappig gevormde schapenkaas, als een peer, bedekt met een laagje lichtgele was bij wijze van verpakking, en bovenaan dichtgeknoopt met een koordje.

We aten zwijgend. Ik weet zeker dat dit mijn beeld van die gulzigheid extra sterk aanzet. Niemand had het over Lea's aanhoudende afwezigheid. Ik maakte me niet ongerust.

Algauw lagen de grote mensen te slapen. Vader sliep met zijn boek op zijn borst, zijn hoed lag over zijn gezicht. Moeder rustte met haar hoofd op een arm. Meneer Ashtons mond hing open, speeksel liep over zijn wang. En Prue? Boven Prues handen was het een druk gezoem van wespen, aangetrokken door het glinsterende laagje vet op haar vingers.

De tijd kroop voort en nog steeds had ik mijn opdracht niet uitgevoerd. Ik besloot naar Lea op zoek te gaan. Ik sjokte naar de duinrand. Dit deed ik niet zonder vrees. Ook al wist ik dat meneer Ashton sliep, de gedachte de anderen uit het oog te verliezen benauwde me. Ik keek voortdurend om naar het strand. Af en toe voelde ik in mijn zak om te controleren of Lea's briefje er nog in zat. Ik keek in de donkere kleedhokjes maar zette geen voet naar binnen. In het allerlaatste zag ik Lea's hoed aan de wand hangen. Ik schoot het hokje in. Ik hijgde. De vloer was koud en het klamme stof dat aan mijn tenen bleef plakken, bezorgde me een akelig gevoel. Ik greep Lea's witte hoed en holde zo snel ik kon weer naar buiten.

Ik nam me voor het briefje aan Prue te geven, ook al moest ik haar ervoor wakker maken, maar toen ik haar zag slapen, haar gezicht begraven in de borst van haar man, kon ik het niet.

Dat was het moment waarop ik het briefje las. Ze had het geschreven in haar mooiste schoonschrift, de sierlijke en ouderwetse letters die we op school leerden. 'Lieve Prue, Ik wacht op je in de tuin van meneer Petrinelli, om half vier, bij de muur. Liefs, Lea.'

De grote mensen sliepen nog steeds. Ze veranderden nauwelijks van houding. Prues gezicht nog steeds begraven in de borst van meneer Ashton. Vader lag op zijn rug en zijn voeten staken over de rand van zijn stoel. Moeder lag op de stoel naast hem. Af en toe veegde ze over haar wang, alsof ze een vlieg voelde.

Ik keek op vaders horloge en zag dat het al drie uur was. Geen tijd te verliezen.

Ik stopte Lea's briefje in Prues rieten mandje. Ik vroeg me af of ik Prue zou wekken, om er zeker van te zijn dat ze het briefje op tijd zou krijgen, maar ik durfde niet.

Zonder vader en moeder lang uit het oog te verliezen zwierf ik van de ene inham naar de andere en klauterde ik over stenen, sommige glad, andere ruw. In poelen met warm water bleef ik staan om naar de krabbetjes te kijken. Ik vond het niet prettig in die poelen vanwege het glibberige mos en het zeewier. Het warme water voelde viezig. Ik zwierf verder en verder. Ten slotte, toen ik me realiseerde dat ik veel verder had gelopen dan mijn bedoeling was geweest, besloot ik een kortere terugweg door de dorre struiken te nemen in plaats van dezelfde route langs de rotsachtige inhammetjes. Ik volgde een smal pad, dat plotseling doodliep. Ik probeerde me een weg door de struiken te banen, maar dat bleek te moeilijk. Ik zag talloze andere paadjes, ooit gebruikt door jagers of herders, maar ook die liepen zomaar dood of slingerden zich een eind voort om uiteindelijk bij het punt van vertrek weer uit te komen.

Tegen de tijd dat ik het Cervostrand terugvond, stond de zon al laag en voelde ik de avond naderen. De hemel kleurde roze en wierp een gloed over zee. De boomtoppen waren van goud.

De grote mensen waren wakker.

'Lea!' riep vader naar mij, maar ik droeg alleen haar hoed. Hij leek teleurgesteld toen ik me naar hem omdraaide. Hij vroeg waar ze was.

'Ik weet het niet,' zei ik.

Hij tikte moeder op haar schouder met zijn boek.

'Lea is nog steeds niet terug,' zei hij.

'Ik waarschuw haar altijd niet te ver weg te gaan. Maar ze wil niet luisteren. Weet je nog die keer dat we in Chenonceaux waren en dat ze een paar uur is weggeweest tijdens die rondleiding door de grotten?'

'En jullie dan? Hebben jullie Lea gezien?' vroeg vader aan de Ashtons.

'Nee,' zei meneer Ashton.

'Welke kant ben jij opgegaan?' vroeg hij.

'Gewoon een klein stukje de heuvel op,' zei meneer Ashton.

Ik kreeg een slap gevoel in mijn knieën bij de gedachte dat ik hem had kunnen tegenkomen op mijn wandeling.

'Misschien is ze naar het Piccolo Pevero gegaan,' probeerde Prue.

De grote mensen zaten er niet echt over in. Ze dachten dat ze ieder moment kon opduiken. Vader zei dat hij naar het Piccolo Pevero zou lopen. Ik bood aan met hem mee te gaan. Ik had moeite hem bij te houden de steile heuvel op. Hij was lang en had verschrikkelijk lange benen. Terwijl we omhoogliepen vertelde hij me dat hij als klein jongetje eens verdwaald was geraakt in een groot warenhuis. Hij was blijven staan om naar een speelgoedtrein te kijken, en toen hij zich omdraaide was zijn moeder er niet meer.

Ik was buiten adem, alsof er niet genoeg zuurstof in de lucht zat.

Er waren nu minder mensen op het Piccolo Pevero, maar het was er nog steeds een drukke boel. Gezinnen waren bezig hun spullen te pakken, hun parasols dicht te vouwen. Mijn blik bleef kleven aan een meisje dat een heel eind in zee zwom. 'Daar,' zei ik tegen vader, naar het meisje wijzend, maar toen ze dichter bij het strand kwam zag ik dat het een oudere vrouw van ergens in de vijftig was.

Ik liep een paar meter achter vader aan terwijl hij met de witte hoed in de hand van het ene groepje mensen naar het andere liep, uitlegde hoe Lea eruitzag en vroeg of ze haar misschien hadden gezien. Ze is ongeveer zo groot. Hij hield een hand op om haar lengte aan te geven. Vervolgens maakte hij een gebaar om haar lange haar te beschrijven. Iemand zei dat ze dachten haar gezien te hebben, een paar uur geleden. '*Sì, sì,*' zeiden ze. 'Daar stond ze, en toen is ze die kant opgelopen.' Een volgend stel dacht juist dat ze haar de andere kant op hadden zien gaan. Een oudere dame zei tegen vader dat hij zijn kinderen beter in de gaten moest houden en vader werd boos. 'Ach mens, bemoei je met je eigen zaken,' zei hij.

Tegen de tijd dat we het Piccolo Pevero achter ons lieten was vader rood aangelopen. Hij hield mijn hand vast en we gingen half hollend de heuvel over, terug naar het Cervostrand, waar de anderen stil naar de zee zaten te staren.

'Daar is ze niet,' zei vader.

'Waar zou ze nou toch kunnen zitten?' zei moeder.

'Misschien is ze naar huis gegaan,' zei ik.

Niemand zei een woord toen we ons over de heuvel haastten en vervolgens langs het turkooizen water van het

Piccolo Pevero, over het zachte witte zand. Toen we de golfbaan passeerden viel me voor het eerst op dat je het water van de fonteintjes in de vijvertjes kon horen vallen.

Ik verwachtte Lea onder de boog te zien staan waar je onderdoor moest als je naar onze villa wilde. Dat beeld had zich zo sterk in mij vastgezet dat ik haar nog steeds voor me zie, in haar witte jurk, een oleanderbloem brutaal achter haar oor gestoken. Maar er stond niemand. Het huis was stil.

Nog steeds zeiden de grote mensen geen woord.

Ik rende naar de tuin, voorbij de citroenboom die doorboog onder zijn lading citroenen, de schitterend rode hibiscus en de sodaplant. Ik klom over de muur van meneer Petrinelli. Alles was stil. Ik staarde onafgebroken naar de pijnbomen, in de verwachting dat ze daartussen vandaan zou komen.

Toen hoorde ik moeder roepen en ik rende terug naar het huis, naar Lea, dacht ik. Maar toen ik in de woonkamer kwam, was ze er niet. Moeder had haar marineblauwe jurk met witte ceintuur aangetrokken. Prue rookte. Meneer Ashton stond nog onder de douche. 'Ik vind dat we de politie moeten bellen,' zei vader.

'Och nee, kom,' zei moeder. 'Lea heeft dit nou al een paar keer gedaan. Eén keer samen met Helen, toen is ze tot midden in de nacht zoek geweest. Weet je nog, lieverd?'

'Ja,' zei ik, naar mijn voeten kijkend.

'Toch vind ik dat we de politie moeten bellen,' zei vader.

'Ik weet zeker dat ze elk ogenblik terug kan komen,' zei moeder, terwijl ze met een hand de bekleding op de armleuning van haar stoel gladstreek.

'Wat als ze ontvoerd is?' zei vader.

'O nee,' zei moeder. 'Waarom in godsnaam... Lea?'

'Je hebt gelijk, maar het is ook niet alsof wij eh...' zei vader, 'een stelletje paupers zijn hier in de buurt.'

'Misschien...' begon ik te zeggen. 'Ik denk, hmm...'

'Wat?' zei vader.

'Niks.'

'We moesten Adriana maar eens bellen,' zei moeder. 'Misschien is ze bij haar langsgegaan.'

'Dat heeft ze in geen tijden meer gedaan,' zei vader.

Ze probeerden Adriana thuis te bellen, maar de telefoon deed het niet.

Ten slotte kreeg vader zijn zin. We zouden naar het politiebureau rijden. De Ashtons boden aan in de villa te blijven. Ik wilde met alle geweld met vader en moeder mee.

Vader trok verschrikkelijk snel op. Als moeder hem niet aan het hek had herinnerd, zou hij er dwars doorheen zijn gereden. Hij reed plankgas de heuvel af. We botsten bijna tegen een auto die de bocht om kwam. Ik knalde met mijn hoofd tegen het dak toen we over een hobbel reden.

Van het politiebureau herinner ik me: de schaduw van de ventilator, een van de bladen uitvergroot in een hoek van het vertrek, de glanzende zwartwitfoto's van voortvluchtige mannen, vooral leden van de Rode Brigade, de tralies voor het kleine vierkante raam, de *carabiniere* die langzaam met twee vingers onze gegevens intikte, en ten slotte dat de kamer waar we zaten kleiner aanvoelde naarmate er meer *carabinieri* binnenkwamen. Een man keek de hele tijd naar zichzelf in het glas van een affiche.

Vader en moeder kregen een woordenwisseling. Ze konden het niet eens worden over de kleren die Lea droeg. Ze konden het niet eens worden over hoe laat ze was verdwenen. Moeder zei twaalf uur. Vader meende dat het meer in de buurt van twee uur was. Ze heen en weerden er een hele poos over of Lea was verdwenen voor of nadat moeder was gaan zwemmen, ook al wisten ze geen van beiden hoe laat ze dat had gedaan. De *carabinieri* wilden weten waarom we zo lang hadden gewacht met het melden van Lea's vermissing. Vader zei dat Lea er wel vaker een paar uur tussenuit kneep. Ze wilden weten wat ze droeg, de kleur van haar ogen, d'r haar, hoe lang ze was, hoe zwaar, haar geboortedatum. Ze wilden weten met wie vader en moeder zoal omgingen, wie er bij ons over de vloer kwamen, of we bedreigd waren en of ons ook iets ongewoons was opgevallen. Ze wilden weten of er iemand om losgeld had gebeld.

'Nog niet,' zei moeder, 'maar misschien is het wel geen ontvoering. Misschien zit ze inmiddels gewoon thuis. Ik geloof het vast. Dit heeft ze al een paar keer eerder gedaan. Laten we nog een keer naar huis proberen te bellen. Misschien doet de telefoon het weer.' Moeder liep af als een wekker en herhaalde steeds maar weer dat ze ervan overtuigd was dat alles in orde was, tot vader met zijn vuist op het metalen tafelblad sloeg en zei: 'Hou nou je mond.' De typemachine wipte op van de klap en de *carabiniere* die de gegevens intikte, bleef zich maar verontschuldigen voor de afwezigheid van de commissaris. Hij was ergens met een zaak bezig, *molto importante*. De *carabiniere* zei zo vaak *molto importante* dat vader ten slotte zei: 'Dat zal allemaal best, maar deze zaak is godverdomme net zo *molto importante*.'

Ik werd me ervan bewust dat ze het licht hadden aangedaan en dat het buiten donker was en dat ik de draad van het Italiaans was kwijtgeraakt. Ik staarde naar de zwartwitfoto's. Een man had net zulk vettig platgekamd haar als meneer Ashton. Maar deze had een snor. Ik wees aarzelend naar de foto, maar moeder zei: 'O, lieverd, nu niet. Geen vragen.' Ik ging op een bank met plastic oranje kussens liggen. In een van de kussens zat een gat en ik richtte me op het naar buiten plukken en vervolgens terugproppen van de gele, sponsachtige vulling. ‘Kom maar, lieverd. We gaan naar huis. De politie rijdt achter ons aan.’

Vanuit de auto, onderweg naar huis, leek de nacht pikzwart, de lucht was warm en er stonden duizenden sterren. Toen er een tegenligger passeerde, werd moeders gezicht verlicht. Haar jukbeenderen staken naar voren en ze zag er bijna uit als iemand anders.

‘Verschrikkelijk, dit,’ zei moeder.

‘We kunnen niks doen,’ zei vader. ‘Er het beste maar van hopen. Misschien heeft er inderdaad iemand gebeld.’

‘Ze hebben geen idee waar ze mee bezig zijn, ze doen maar wat,’ zei moeder.

‘Ze zeiden dat ze het strand zouden afzoeken, het hele gebied daar,’ zei hij. ‘Ze willen eerst de mogelijkheid uitschakelen dat ze verdronken is.’

‘Onzin,’ zei moeder. ‘Onmogelijk. Het water was zo glad als een spiegel en Lea zwemt als de beste.’

‘Ik heb geen idee waarom ze mee naar het huis willen komen,’ zei vader. ‘Wat verwachten ze daar te vinden?’

‘Misschien is ze al terug,’ zei moeder. ‘Misschien is dit allemaal maar een boze droom.’

Ik stelde me de *carabinieri* voor met hun zaklantaarns. Hun honden. Ik stelde me voor dat ze tegen een hele kudde wilde varkens aanliepen.

Van tijd tot tijd keek ik over mijn schouder om te zien of de politieauto nog steeds achter ons aan kwam.

Vader reed erg hard, en toen we door een bijzonder scherpe bocht vlogen vroeg ik me af of we ook de diepte in zouden schieten, net als ik van andere auto’s had gehoord. De platgereden vangrail was nog altijd niet weer op zijn plaats gezet.

De stenen poort boven de oprit stak helder af tegen het

donker. De granieten plaat, waarop de naam van onze villa had behoren te staan, nog steeds leeg, en de bloemen – de verbena met haar kleine oranje bloemen, de witte jasmijn – glansden in de strategisch opgestelde schijnwerpers.

Zelfs als kind voelde ik het contrast tussen de tuin, waar het zo prettig rook naar rozemarijn, oleander en jeneverbes, die zuivere lucht, en Lea's afwezigheid.

Prue kwam hijgend het pad oprennen, een hand op haar borst, de zilveren hakken van haar schoenen weerkaatsten het licht.

'Ze is nog niet terug,' zei ze. 'Er kwamen wel twee journalisten. Ik heb ze weggestuurd.'

'Weet je zeker dat het journalisten waren?' vroeg moeder. 'Zou het kunnen dat ze van de ontvoerders kwamen?'

'Lijkt me niet,' zei Prue. 'Trouwens, ik heb hun perskaarten gezien.' Er ging een flitslicht af en we kregen een man in het oog die achter een struik vandaan stapte. Vader snelde naar hem toe en schreeuwde: 'Sodemieter op, maak dat je wegkomt...'

Journalist nummer zoveel verscheen op de stoep. Hij zei dat hij ons kon helpen. Hij zou graag bereid zijn om namens ons een brief aan de ontvoerders op te stellen. Voorpagina. Twee agenten bemoeiden zich ermee. Ze zeiden iets tegen de journalisten, die toen buiten bleven wachten.

Algauw stroomde onze villa vol met mensen – buren die we alleen van gezicht kenden: de beroemde pianobouwer uit Duitsland en zijn vrouw, de begrafenisondernemer – en steeds meer *carabinieri*.

De agenten bleven vader en moeder maar steeds dezelfde vragen stellen. Ik bleef dicht bij hen in de buurt, al was dat nu en dan lastig omdat er zoveel mensen waren. Van meneer Ashton was gelukkig geen spoor te bekennen. Ik was blij toen

Adriana kwam. Ze trok me met haar kleine stevige handen bij haar op schoot, alsof ik nog vier of vijf was. Ze hield me stevig vast en zei aan één stuk door: '*Poverina, poverina*,' en ik had het gevoel dat ze niet alleen Lea bedoelde maar ook mij.

Vanwaar Adriana en ik zaten konden we in de verlichte tuin kijken. Een paar verslaggevers waren op de stenen muur rondom onze tuin geklommen, sommige zelfs in een boom. Hun donkere silhouetten maakten me bang. Ze zagen eruit als apen die aan takken hingen.

Het werd almaar later. De telefoon deed het weer, maar toch bleven er nog mensen.

Ten slotte barstte de bom bij vader. 'Wat doen jullie hier nog? Ga d'r zoeken. Zien jullie niet dat we tijd verspillen? Wij weten niet waar ze is, anders gingen we haar heus wel halen. Opgedonderd. Wegwezen.'

Eindelijk waren we alleen, en Adriana liet de rolluiken in de woonkamer neer, sloot alle deuren en ramen. Meneer Ashton liet zich weer zien. Hij ging naast Prue en vader op de bank zitten, terwijl moeder in een stoel tegenover hen zat. Ik maakte me klein op het witte kleed, voor haar voeten. We wachtten allemaal op het overgaan van de telefoon. Soms hoorde ik hem in gedachten rinkelen. Het was een crèmekleurig toestel met een draaischijf en een rode knop die je moest indrukken om de binnenkomende stem te horen. Zonder het geluid van de wind op de achtergrond was de klok extra lawaaiig. Elk uur hoorde ik hem slaan. Ik telde de slagen. Om de zoveel tijd dacht ik dat ik voetstappen hoorde, een klop op de deur. Ik vroeg me voortdurend af of Prue het briefje gevonden had.

Bij zonsopgang werd ik wakker. Een vreemd blauw licht vulde de woonkamer. De hemel was bleekblauw met vegen paars. In de verte kwam een donkerblauw eiland te voorschijn, en verdween weer. Langzamerhand gingen de paarse vegen over in roze. De hemel kleurde witter, werd lichtroze en viel terug in een bleek soort blauw. Om kwart over zes kwam de zon op. Het was een volmaakte dag zonder een zuchtje wind.

Lea was nu tussen de zestien en achttien uur weg.

De klok sloeg en ik wendde mijn blik af van de hemel. Plotseling bleek ik naar Prues voeten te staren. Ik nam ze nauwkeurig in me op en zag dat boven op haar linkervoet een grappig, knobbelig botje uitstak. Op haar tenen zag ik dunne witte krassen.

Meneer Ashtons benen lagen over die van haar. Hij had zijn leren schoenen niet uitgetrokken. Hij had zelfs de veters niet losgemaakt.

Ik liet mijn hand in Prues rieten mandje glijden. Het briefje was er nog. Ik vroeg me af wanneer ze het zou vinden, of ze er iets over zou zeggen, of ze zou denken dat Lea het er zelf in had gedaan en of het enig verschil had gemaakt als ze het op tijd had gekregen.

Vader en moeder waren nergens te zien.

Ik hoorde het geluid van een douche, een bezem over tegels. Op de patio voor de keuken trof ik Adriana aan, die bougainvillebloempjes aan het vegen was. Ze veegde ze niet op een hoop, maar van de ene kant van de patio naar de andere. Ze liep in zichzelf te mompelen. Toen ze me zag hield ze ermee op.

'Ik voelde dat er iets ergs zou gebeuren,' zei ze.

'Hoe dan?' vroeg ik. Ik kreeg een wee gevoel in mijn maag.

'Hier.' Ze wees op haar borst. Ze boog zich voorover en trok een paar paarse bloemen uit de bezem. 'Je kunt beter maar gauw iets eten. Je gaat vanochtend naar het politiebureau.'

Bij de gedachte aan eten voelde ik me nog misselijker worden.

Ik rende naar de badkamer, met Adriana in mijn kielzog. Ik gaf over. Ik weet nog dat ik naar mijn brokjes voedsel keek in de toiletpot en er maar nauwelijks bij kon dat die klonters ooit provola waren geweest. Adriana veegde mijn gezicht af met een vochtig washandje en kamde mijn haar.

13

De villa was vreemd rustig. Ik bleef maar letten op het geluid van rammelende luiken of zand tegen glas. Toen ik een schreeuw hoorde, beeldde ik me in dat het Lea was die om hulp riep, maar het was gewoon een vogel. Het zwijgen van de wind versterkte de andere geluiden. Voetstappen klonken hol.

Op het politiebureau klonken de stemmen onnatuurlijk hard. Toen een *carabiniere* een stapel tijdschriften op een tafel kwakte, schoot ik omhoog in mijn stoel. Uit de gang waarop ik vanuit mijn stoel zicht had, klonk de stem van een Amerikaan. 'Ik heb gehoord dat je op moest passen op dit eiland, maar wie zou nou gedacht hebben...' De deur ging met een klap dicht. Nu realiseer ik me dat ik overgevoelig voor geluiden moet zijn geweest omdat ik maar een paar uur had geslapen.

Door de tralies van het raam zag ik de kale takken van een boom. De avond tevoren, toen we het politiebureau verlieten, had ik in het schijnsel van een straatlantaarn de krans van bloemblaadjes aan de voet van zijn stam gezien: een roze vijvertje.

Terwijl we zaten te wachten, wreef vader gedachteloos met zijn hand heen en weer over de revers van zijn jasje.

Maar daar zat geen stof, niet eens een roze bloemblaadje. Moeder zat stijf rechtop, rug los van de stoelleuning, knieën tegen elkaar, handtas op schoot. Ze droeg een paarsgeruite rok en een bijpassend jasje, witte sandalen en zelfs kousen. De jurk die ze voor mij had uitgezocht, had ik niet willen dragen. Ik had een fluwelen, mosterdkleurige jurk met een chocoladebruine strik aan willen doen, veel te warm bij dat weer, en daarbij de roze plastic sandalen van Lea. Ik deed mijn sandalen de hele tijd uit en weer aan. Meneer Ashton zat een stuk papier te vouwen, maakte er een hoed van en daarna een boot. De Ashtons droegen nog steeds hun gekreukelde kleren van de avond tevoren.

Een andere deur in de gang ging open en deze keer ving ik een glimp op van meneer Peters, die lui onderuit in een stoel hing. Zijn neus bloedde. Hij keek mijn kant op maar zag me niet. De deur ging dicht. Ik hoorde voetstappen. Een volgende *carabiniere* verscheen om te zeggen dat de commissaris zo bij ons zou komen. Vader mompelde een '*shit*'. Hij liep naar het raam. Hij nam een trek van zijn sigaret, drukte hem uit en smeet hem naar buiten.

Ik schoof mijn sandalen andermaal van mijn voeten. Ik staarde naar de deur waarachter meneer Peters schuilging. Er waren zoveel deuren. Ik telde er zes aan de ene kant van de gang en zeven aan de andere. Zaten er mensen in al die kamers? Ik vroeg me af achter welke deur de wc was. Ik moest verschrikkelijk nodig. Ik legde mijn benen in een dubbele knoop. Ik wilde het niet vragen.

In de wachtkamer, waar het licht naar salami rook, werd het almaar warmer. Een *carabiniere* kwam binnen en schakelde de ventilator aan het plafond aan. Maar veel koeler werd het er niet van. De hitte was niet om te harden. De zon brandde meedogenloos door het traliewerk voor het raam. Ik volgde de schaduw van de ventilator, die stukje bij beetje zakte, en vroeg me af wat er zou gebeuren als de ventilator van het plafond viel.

Plotseling verscheen de commissaris in de deuropening. Ik herkende hem niet meteen als de man die crème in zijn handen had staan wrijven tijdens een eerder bezoek. In zijn eigen omgeving maakte hij een totaal andere indruk. Zijn leeftijd liet zich lastig vaststellen. Voor mij, als kind natuurlijk, leek hij stokoud, maar hij was waarschijnlijk ergens in de vijftig. Hij was volledig in het zwart en zag er eerder uit als een priester dan als een commissaris. Hij droeg zijn kleren geen maat te groot. Hij was kaal, klein, rond de een meter vijfenzestig, maar stevig. Niettemin, zelfs als hij zat, een been nonchalant over de leuning van een stoel gezwaaid, scheen hij iedereen in het niet te doen verzinken, inclusief vader, die toch een flink stuk groter was dan hij.

Ik herinner me van latere opmerkingen van moeder dat de commissaris ánders was, anders in de zin dat hij, terwijl hij vragen stelde, ook informatie over zichzelf prijsgaf. Moeder vertelde me dat hij niet altijd chef bij de *carabinieri* was geweest. Hij was onder meer leraar, danser, amateurkok en zelfs acteur geweest, welke laatste hoedanigheid haar in het geheel niet verbaasde, want hij hield ervan om voorvallen uit te beelden en na te spelen. Hij kwam uit een geslacht van timmerlieden.

De commissaris verontschuldigde zich ons te hebben laten wachten. ‘Helaas,’ zei hij, ‘bent u niet de enige ontvoering.’ Hij wilde ons een voor een ondervragen. Moeder ging het eerst. We hoorden haar smeken: ‘Het komt toch wel goed met haar? Ze zullen haar toch niet iets aandoen? Het is allemaal mijn schuld. Ik weet het zeker. Had ik nou maar…’ Toen ze naar buiten kwam, was haar haar uit haar knot gegleden. Haar handtas hing open. Zonder iets te zeggen ging ze weer op haar stoel zitten en zette de tas op haar knieën.

Daarna ging vader naar binnen. Ik hoorde zijn gesmoord snikken. Ik vermeed moeder en de Ashtons aan te kijken. Ik dacht aan Lea die haar handstand tegen de muur deed en vroeg of ze die ontvoerde man zijn oor af zouden snijden.

De deur ging open en ik zag de commissaris naar voren buigen, vader een glas water aanreiken, een doos tissues over tafel schuiven. De commissaris zei iets. Vader schudde zijn hoofd. De deur ging dicht.

De Ashtons zeiden ook niets. Meneer Ashton schraapte af en toe zijn keel. Hij had Lea en mij uitgelegd dat hij erge ademhalingsproblemen had. Toen hij klein was, wist zijn moeder altijd wanneer de noordenwind zou opsteken, want dan werd hij verkouden. Hij had zijn halve jeugd in bed doorgebracht.

Toen vader naar buiten kwam, had hij sporen van tranen op zijn wangen. Zijn huid zat onder de vlekken. Hij ging niet zitten maar begon te ijsberen.

Moeder liep met me mee naar de kamer van de commissaris. Ze hield mijn hand stevig in de hare. Ik zei haast niks. Telkens wanneer hij me een vraag stelde gaf moeder antwoord. Hij stond erop moeder uit haar jasje te helpen, de deur voor haar open te doen, en zelfs water of koffie voor haar te halen. De doos met tissues op zijn bureau had hij meteen naar ons toe geschoven. Hij bleef maar terugkomen op de laatste keer dat ik Lea had gezien.

'Laten we nog een keer bij het begin beginnen,' zei de commissaris, terwijl hij – ellebogen op zijn knieën, kin in zijn handen – voorover leunde in zijn stoel. Hij keek me vriendelijk aan. Ik zei dat Lea met een Italiaanse jongen met een blauw oorringetje had staan praten.

'Dezelfde die ons had verteld dat we niet onder de parasols mochten zitten?' onderbrak moeder mij.

'Ja.'

'Ga door,' zei de commissaris. Ik keek naar zijn schoenen. Ze waren zwart. Toen stak moeder een hand uit en streek een pluk haar achter mijn oor.

Hij drong niet aan op meer. Ik veegde mijn handpalmen af aan de rok van mijn jurk. 'Hebben ze die jongeman gevonden?' vroeg moeder.

'Nog niet,' zei hij. 'Dat komt wel, maar het is een groot eiland. En meneer Peters?'

Moeder ging over op Italiaans. Ze praatte verschrikkelijk snel. Ze had een sterk Engels accent, ik geneerde me kapot en wou dat ze maar gewoon Engels praatte. Ondertussen keek ik stug naar het naambordje met de inscriptie van de naam van de commissaris. Rossi. Ik las het steeds weer opnieuw.

'En jij?' vroeg hij aan mij. 'Wanneer heb jij meneer Peters gezien?' Moeder keek me aan. Ik herinnerde me dat meneer Peters achter ons aan kwam. Ik keek moeder aan.

'Hij kwam achter ons aan.'

'Was dat ervoor of erna?' vroeg de commissaris.

'Ervoor,' zei ik.

De commissaris zweeg even. Moeder en ik zagen hem een stuk plakband over een scheur in een krant plakken.

Toen vroeg hij een paar dingen over Lea's hoed. Waar had ik hem gevonden? Ik vertelde dat hij aan een haakje in een kleedhokje had gehangen, en hij knikte alsof hij zoiets al had vermoed. Hij wilde weten hoe Lea's stemming was geweest die dag. Maar opnieuw, voor ik iets kon zeggen, gaf moeder antwoord voor mij. 'O, Lea is altijd de opgewektheid zelve, altijd lachen, altijd plezier.'

'Kun je je iets vreemds herinneren? Is er de laatste paar dagen iets opvallends gebeurd?' vroeg hij.

Ik begreep dat dit aan mij was gericht. Eerst wist ik helemaal niets, en toen herinnerde ik me wat er met meneer Ashton was gebeurd in het damestoilet. Maar ik voelde me niet in staat om er iets over te zeggen. Het zou al te gênant zijn. Moeder zou van me willen weten waarom ik er niet eerder over was begonnen. En wat voor zin had het, als er met geen mogelijkheid een verband kon bestaan tussen wat mij was overkomen en Lea's verdwijning? Het enige wat ik kon bedenken was het briefje, het feit dat ik het niet onmiddellijk aan Prue had gegeven. Maar zelfs dit kon ik naar mijn gevoel niet opbiechten.

Het gesprek duurde maar een paar minuten. Moeder vroeg: 'Is dat alles? Meer wilt u niet vragen?'

'Voorlopig was dit het wel,' zei de commissaris.

Onder de stoel van meneer Ashton viel me een stapeltje gevouwen hoedjes en bootjes op. Vader stond nog steeds bij het raam, met de rug naar ons toe. De commissaris vroeg of Prue met hem mee wilde komen.

Prue bleef een hele poos in het kantoor van meneer Rossi. Ondertussen was de hitte onverdraaglijk geworden, ondanks de ventilator. Meneer Ashton haalde een zakdoek uit zijn zak en veegde zijn voorhoofd af. Moeder viel een paar minuten in slaap in haar stoel, haar hoofd zakte langzaam opzij. Ik deed niets dan verder naar voren schuiven in mijn stoel, want mijn jurk plakte aan mijn rug. Plotseling wist ik weer dat ik nodig had gemoeten, maar de aandrang was verdwenen.

Uiteindelijk verscheen Prue. Ze legde haar hand op meneer Rossi's schouder. Ze glimlachte, maar haar glimlach leek gespannen. 'Nu zou ik graag met meneer Ashton willen praten,' zei meneer Rossi.

Vader, moeder en ik wachtten op de binnenplaats tot meneer Ashton klaar was. Hoewel er nog steeds geen zuchtje wind stond, was het een opluchting om uit dat kleine kamertje verlost te zijn. We stonden onder de boom. Vader rookte, moeder stond zichzelf te omhelzen. Ze klaagde erover dat ze het koud had, ondanks de hitte. Ik verzamelde de kleine roze bloesemblaadjes die om de boom heen lagen, wiegde ze in mijn gevouwen handen en liet ze dan neerdwarrelen, steeds opnieuw, totdat meneer en mevrouw Ashton verschenen. Prue leunde op meneer Ashton alsof ze moeite had om zelfstandig te lopen.

Op de terugweg, terwijl de jeep rakelings langs de azuren zee reed, langs witte villa's die het zonlicht weerkaatsten, vlammend paarse bougainvilles en sproeiers die hun water over diepgroene gazons vernevelden, hadden de grote mensen het over de commissaris. Vader noemde hem hardnekkig die irritante lul of die achterdochtige lul. 'De lul beweerde dat het toch wel heel ongebruikelijk was om kinderen urenlang alleen te laten rondzwerven. "Tja, ik ben nog van de oude stempel, zullen we maar zeggen." Zelfingenomen lul,' zei vader. 'En nooit iets recht in je gezicht zeggen natuurlijk, het zit 'm in de toon, de manier waarop hij herhaalt wat jij zegt. "Dus, ze was al een paar uur weg, zegt u?" Dat soort dingen.'

Moeder zei dat ze niet vond dat hij zo erg was. 'Natuurlijk, hij kon irritant doen, maar hij toonde ook begrip en was behulpzaam.'

'Behulpzaam!' riep vader uit. 'De vent is een zak.'

'Ja hoor, lieverd,' zei moeder. 'Let jij nou maar op de weg.'

Prue vond hem wel best, maar hij droeg zijn broeken te strak. Meneer Ashton zei dat hij het niet goed kon beoordelen maar dat er vast meer achter de man school dan je op het eerste gezicht zou vermoeden.

'Hij is je voortdurend een stap voor,' zei moeder.

'Als je het mij vraagt, zijn het een stel incompetente halvegaren daar,' zei vader. 'In plaats van ons te ondervragen zouden ze de echte verdachten aan de tand moeten voelen.'

'Zoals die Italiaanse jongeman met wie Lea stond te praten,' merkte moeder op.

'Welke jongeman?' vroeg vader.

'Die ons vertelde dat we niet onder de parasol mochten zitten,' zei moeder. 'Helen heeft ze samen gezien.'

'Wat heb je gezien?' vroeg vader.

'Ze liepen naar de kleedhokjes,' zei ik.

'Dus ze gingen terug naar de kleedhokjes,' zei meneer Ashton, met zijn hand over zijn ongeschoren kin wrijvend.

'Ik vraag me af...' begon moeder.

'De commissaris wilde me niet vertellen of hij de jongeman had ondervraagd, of zelfs maar gevonden,' zei Prue.

'O, dus jij wist ook van hem af,' zei vader. 'Het lijkt wel of...'

'Ik heb hem ook niet gezien,' zei meneer Ashton.

Dat was de enige keer dat ze zich tot mij richtten. Gedurende de rest van de rit hadden ze het alleen over mij in de derde persoon, alsof ik er niet bij was. Toen kon me dat niets schelen. Ik wilde alleen maar aan Lea denken.

'En wat vroegen ze aan Helen?' vroeg vader aan moeder.

'Niet veel,' zei moeder.

'Ze zegt ook nooit heel veel,' zei vader.

Ik staarde naar de weerkaatsing van de boomtakken in de autoruit. Ze deden me aan de zee denken, de zee-egels die we aan het begin van de zomer hadden gevonden. Ik zag de lichtvlekken op het witte zand, het donkere water waarin ik me had gewaagd, samen met Lea. Ik lag achter in de jeep, op de vloer. Het was snikheet maar de geur van de rubbermat in de zon was prettig. Ik ervoer een abrupt gevoel van bevrijding, een warme vloed langs mijn been, en realiseerde me dat ik had geplast.

'Wat denken jullie dat meneer Peters op het bureau te zoeken had?' hoorde ik mevrouw Ashton zeggen.

'Ik mag toch hopen dat ze hun tijd niet aan hem verdoen,' zei vader.

'Misschien moest hij er toevallig voor iets heel anders zijn,' zei moeder.

'Zou je denken?' zei Prue. 'Zoals wat?'

'Geen idee,' zei moeder.

'Het moet haast wel een eilander zijn,' zei meneer Ashton. 'Is bijna altijd zo in dit soort gevallen.'

'Als ze ontvoerd is,' zei moeder.

'En waar dacht jij dan verdomme dat ze was?' vroeg vader. 'Op schoolreisje of zo?'

'Er heeft niemand gebeld voor losgeld,' zei moeder.

'Dat is inderdaad vreemd,' zei Prue.

'Het zou nog kunnen,' zei meneer Ashton.

'O, dit is zo verschrikkelijk allemaal,' zei moeder. 'En het is allemaal mijn schuld–'

'Ja, je hebt gelijk. Het is allemaal jouw schuld,' zei vader.

In de achteruitkijkspiegel zag ik moeder haar handen voor haar gezicht slaan.

'Waarom doe je dat toch altijd? Bij alles,' zei vader.

'Nee, nee,' zei moeder. 'We hadden beter moeten opletten.'

'Ja, is ook zo, maar wat schieten we ermee op om daarover door te blijven zeuren?'

Terug in de villa bleven we met z'n allen in de hal staan en keken de keuken in. Tegen die tijd voelden mijn onderbroek en de rok van mijn jurk koud aan en alles plakte aan mijn benen. Adriana stond met haar rug naar ons toe tegen ons te praten, haar armen zaten onder de bloem. Toen ze haar armen uitstrekte om het deeg te kneden, spande haar blouse over haar rug. Ze klaagde dat de telefoon de hele ochtend niet had stilgestaan, en van de ontvoerders geen bericht. In de woonkamer zaten een paar journalisten te wachten.

Steeds als ik me een voorstelling van de ontvoerders probeerde te maken, kon ik niets bedenken. In plaats daarvan concentreerde ik me op het briefje. Ik had verschrikkelijke spijt dat ik het briefje niet eerder aan Prue had gegeven.

'Ik pak de jeep, ga een ritje maken,' zei vader, terwijl hij zich omdraaide om terug te lopen.

'Pas je wel op?' zei moeder.

Later kwam ik erachter dat vader talloze leegstaande huizen langsging. Soms in gezelschap van een *carabiniere*, maar meestal alleen.

'Ik moet iets doen,' zei moeder. 'Ik moet iets doen.' Ook zij had geen zin om de journalisten te woord te staan.

Adriana bood aan moeder te leren hoe je gnocchi moest rollen.

'Kijk, zo,' zei Adriana, terwijl ze een stukje deeg met één handige beweging van haar vingers in de juiste vorm rolde. Moeder deed een poging, maar haar deeg bleef een klompje deeg.

'Je moet gewoon oefenen,' zei Adriana, terwijl ze doorging.

Moeder vroeg haar om het langzamer te doen. Ze deed het nog een keer voor. Deze keer begon moeders gnocchi al op het echte werk te lijken.

'Wat is er met jou gebeurd?' vroeg Adriana toen ze mijn natte kleren zag.

'In mijn broek geplast,' zei ik.

'Kom maar mee,' zei ze. 'Maak ik een lekker warm bad voor je, als er water is tenminste.'

'Laat mij maar doen,' zei moeder.

'Mooi zo,' zei Adriana.

Ik liep achter moeder aan door de gang, smeekte haar om bij me te blijven.

'Natuurlijk, liefje,' zei ze, terwijl ze op de rand van het bad zat, en heel eventjes was het bijna weer zoals het voor die zomer was geweest.

Toen de commissaris arriveerde, vergezeld door een mompelende *carabiniere*, nam hij uitgebreid de tijd om zijn zwarte schoenen te vegen op onze rieten deurmat. In zijn ene hand droeg hij een bordeauxrode aktetas. 'Bijzonder interessant,' hoorde ik hem zeggen, een uitdrukking die ik later ben gaan herkennen als zijn favoriete uitdrukking. Ik weet niet waar hij op doelde. Misschien was hem de glazen pot met de bleek geworden zee-egels opgevallen.

'Hebt u al iets ontdekt?' vroeg moeder.

Meneer Rossi legde zijn hand op moeders schouder maar beantwoordde haar vraag pas nadat de journalisten waren weggestuurd, iedereen zich rondom de eettafel had verzameld en hij zijn zonnebril had verwisseld voor zijn leesbril. 'We hebben de jongeman getraceerd met wie Lea stond te praten,' zei hij. 'Wat blijkt, is dat hij een strafblad wegens kleine vergrijpen heeft. Iemands motorfiets gestolen, een graai in de kassa gedaan. 't Is het neefje van de achterachterneef van mevrouw Martini. Die kent u, geloof ik?' wendde hij zich tot Prue.

‘Ik?’ vroeg Prue, terwijl ze haar hand op haar borst legde.

‘Ze woont aan de via Medici,’ zei hij. ‘Ze heeft een–’

‘Ah, maar natuurlijk, mijn harsmevrouw,’ zei Prue.

‘En u denkt,’ zei moeder.

‘Nee, kleine criminaliteit is niet ernstig genoeg,’ zei de commissaris. ‘Want neem nou uw eigen dochters–’

‘Wat bedoelt u?’ vroeg vader. Hij boog zich naar voren over de tafel.

Toen onthulde de commissaris dat wij ervan verdacht werden meneer Peters’ schilderij in brand te hebben gestoken. Na alles wat er was gebeurd, had ik daar helemaal niet meer aan gedacht.

Ik tuurde naar het tafelblad. Liet mijn vingers langs de ruwe rand glijden. Destijds was ik onder de indruk van de snelheid waarmee hij deze informatie boven tafel had weten te krijgen. Maar in feite moet het heel eenvoudig zijn geweest.

‘Het zijn kinderen,’ zei vader.

‘En die jongen is pas zestien,’ zei de commissaris. ‘Hoe zit het met meneer Peters?’

‘Ik zie meneer Peters Lea niet ontvoeren,’ zei vader.

‘Wat denkt u?’ vroeg de commissaris aan Prue.

‘Het is heel goed mogelijk,’ zei Prue. ‘Hij is niet helemaal goed bij zijn verstand de laatste tijd.’ Meneer Rossi vroeg haar niet om het uit te leggen.

‘En hij drinkt,’ zei meneer Ashton.

‘Een drankprobleem lijkt *míj* nou niet ernstig genoeg,’ zei vader. ‘Dit is belachelijk. Pure tijdverspilling.’

‘Mee eens,’ zei meneer Ashton. ‘We weten toch allemaal dat het een eilander moet zijn. Dat is toch immers altijd zo.’

‘Het is wel het meest logische,’ zei moeder. ‘Als ze nou maar belden voor het losgeld.’

'Daar ga ik in mee,' zei Prue.

'We zullen wel zien,' zei de commissaris. Hij wreef zich in de handen.

'En wat nu?' vroeg vader.

Meneer Rossi had een envelop uit zijn aktetas getrokken. Hij plakte een stukje plakband over een scheur. We keken met zijn allen toe hoe hij het deed.

'Is het nodig dat u dat hier doet?' vroeg vader.

'U hebt mijn onverdeelde aandacht,' zei de commissaris.

'Eens kijken,' zei Prue. 'Wie kunnen we bedenken? In het hotel waar we een keer hebben gegeten, heeft Lea lang staan praten met de man die pizza's bakte in de vorm van haar naam, voorletter bedoel ik, als u wilt zou u–'

'Bijzonder interessant, dit allemaal,' zei meneer Rossi.

'Voor ons is het anders helemaal niet interessant,' zei vader. Hij verborg zijn gezicht in zijn handen en ik dacht dat hij in tranen uit zou barsten. Meneer Rossi legde zijn hand op vaders rug en stond op. Hij vroeg of we ook post hadden ontvangen. Alleen twee brieven, maar niets van de ontvoerders. Hij zei dat ze Lea's spullen moesten doorzoeken.

Het was gek om mannen met hun vingers door Lea's kleren te zien gaan. De *carabiniere* liet niets onbekeken. Toen hij een losse haar op een kraag vond, deed hij die in een plastic zakje. Hij vond een aantekenboekje van mij van de vorige zomer. Daarin hadden Lea en ik alles opgeschreven wat we in de toekomst van plan waren. Zij wilde actrice worden en onze oudtante 'de pianiste in Sint Petersburg' bezoeken. Ik wilde op het platteland gaan wonen met vier katten en honden en boeken schrijven. 'Een spelletje dat we altijd deden,' zei ik. De commissaris legde zijn hand op mijn schouder als om me te kalmeren.

Ik voelde zijn blik op me.

Ze ontdekten lang vergeten dingen: een oud knuffellammetje, een doos met schelpen, een vel papier waarop Lea in lange rijen onder elkaar de namen van bloemen, hoofdsteden en landen had geschreven. Waar ik vooral van schrok was een nieuwe verstopplaats onder haar matras die ik nog niet kende, voorwerpen die ik nog niet eerder had gezien: één enkele roze geitenleren handschoen die rondom de elleboog sloot met drie parels, een gouden manchetknoop met de initialen J.A. en een heel bijzondere groene boeddha.

Hier was het bewijs van wat ik al lange tijd had vermoed: een heel stuk van Lea dat ze voor me had achtergehouden.

Die middag begon ik Prue te achtervolgen. Ze kon nergens naartoe zonder dat ik achter haar aan drentelde. Verschillende keren heb ik haar de stuipen op het lijf gejaagd. Een keer toen ze in bad zat. Haar badkamerraam was aan de buitenkant voorzien van een begroeid latwerk. Ik duwde de bladeren opzij en tuurde naar binnen. Ze liet haar zeep vallen. Misschien dacht ze heel even dat ik Lea was. Een poosje later, terwijl ze op haar gemak het tuinpad afliep, observeerde ik haar vanaf mijn plekje boven op de muur. Ze leek iets te zoeken. Ze keek achter struiken en vlak langs de muur. Ik stelde me voor dat ze een of ander bewijsstuk zocht, maar om iets onheilspellenders dan de tuinslang bleek het niet te gaan.

14

De tweede dag waren de eilanden precies dezelfde kleur als de hemel, het enige geluid kwam van een zoemende mug. De zon brandde op het pannendak van de villa. In gedachten zag ik een monster vooroverbuigen en hete lucht ons huis inblazen. Terugdenkend komen er ook beelden van een donkerte die slechts door dunne lichtdraden werd doorbroken: Adriana had de zware houten luiken gesloten. Maar dit scheen de hitte alleen nog maar meer vast te houden. De vloeren waren niet langer koel. Verlossing viel nergens te halen, behalve in zee, maar er was natuurlijk geen denken aan dat we gingen zwemmen zolang Lea nog vermist was. Dagenlang had de wind ons in huis opgesloten, en nu was het de zon. We wachtten op de commissaris. Hij had opgebeld om te waarschuwen dat hij later zou komen dan afgesproken. Wij maakten daaruit op dat hij iets op het spoor was.

Ik zie Prue een mug van haar arm slaan. Ze zei dat ze bijna terugverlangde naar de wind. Ze droeg een paarse rok en een eenvoudig katoenen bloesje met parelknoopjes. Het viel me op dat de kleine parelknoopjes niet echt waren maar gemaakt van in zilverfolie gewikkelde witplastic bolletjes. Ik volgde met aandacht hoe ze naar achteren reikte en de band van haar rok losser maakte.

'Waarom sta je zo naar me te staren,' vroeg ze.

'Spijt me,' mompelde ik, naar de vloer kijkend.

Ze stuurde me weg om nog een van die groene spiralen te halen waarmee we de muggen op een afstand probeerden te houden. Ze scheidden een vreemd luchtje af, maar leverden maar half werk.

'Heb je ooit zoveel beten gezien?' vroeg Prue aan vader toen hij uit de stad terugkwam met de plaatselijke krant. Vader sloeg hem open op de eettafel. Ik schoot eropaf. Iemand zette een luik half open om wat licht binnen te laten. Moeder kwam uit haar kamer. We stonden met zijn allen om vader heen. De kop op de voorpagina luidde ongeveer als volgt: OPNIEUW ONTVOERING? DERTIENJARIGE AMERIKAANSE OP RAADSELACHTIGE WIJZE VERMIST OP BADSTRAND CERVO. Eerst bracht ik het niet in verband met Lea. We hadden zo lang in Frankrijk gewoond dat ik niet aan onszelf dacht als Amerikanen. Maar toen zag ik haar foto. Ze keek me lachend aan. Ik wist nog hoe ze me telkens opnieuw haar haren had laten vlechten, net zo lang tot de scheiding kaarsrecht zat en geen haartje verkeerd. Aan het eind van elke vlecht had ik een grote marineblauwe strik geknoopt. Ze zag er erg jong uit. Je zou niet geloven dat de foto maar een paar weken daarvoor was genomen.

Het artikel zei bijna niets over de eigenlijke ontvoering. Ze hadden natuurlijk maar weinig informatie om zich op te baseren. Het stuk stond vooral stil bij de toename van het aantal ontvoeringen en welk effect dit op het toerisme zou hebben. Maar goed beschouwd was men op het eiland veiliger dan op het vasteland, hield de schrijver vol. Het was een ernstige vergissing om te denken dat alle ontvoeringen het werk van eilanders waren. In de meeste gevallen kwamen de ontvoerders van het vasteland. Men moest voorzichtig zijn met conclusies, en wel heel in het bijzonder in deze zaak, er was immers nog geen losgeld geëist. Al deze informatie wist ik binnen te halen omdat Prue geen Italiaans begreep en ze moeder om een vertaling vroeg.

Tegen de tijd dat de commissaris arriveerde, in kaki broek deze keer, een zonnebril op die hij zorgvuldig inklapte en in een zwarte brillenkoker deed, was iedereen tot het uiterste gespannen. Toen hij geen nieuws aankondigde maar zich simpelweg verontschuldigde voor zijn late komst, verloor vader zijn zelfbeheersing. Hij vertelde de commissaris dat het onderzoek geen steek verder kwam. Wat hadden ze ontdekt? Misschien moest hij zo langzamerhand maar een privédetective in de arm nemen.

De commissaris antwoordde op afgemeten toon. Niets scheen hem van de wijs te kunnen brengen.

'Dat moet u helemaal zelf weten,' zei hij. 'Wij doen ons best.' Ze hadden met de pizzabakker gesproken over wie Prue het had gehad, een heel onwaarschijnlijke kandidaat. Hij had een dubbele dienst gedraaid in het hotel. De taxichauffeur was bij zijn vrouw en dochter geweest.

'En,' zei vader. 'Hebt u iets ontdekt? Hebt u aanwijzingen?'

'We hebben met uw buurman gesproken, meneer Petrinelli. Hij zegt dat hij Lea om een uur of vier door zijn tuin heeft zien lopen.'

'Wat moest ze daar?' vroeg moeder. 'Waar ging ze naartoe? En, wie is meneer Petrinelli?'

'Dat is die man die me vroeg of ik onze pijnbomen wilde omhakken omdat ze zijn uitzicht op zee belemmeren,' zei vader.

'Zou hij...'

De commissaris draaide zich naar mij toe, maar op dat

moment kwam Adriana uit de keuken. '*Scusi*,' zei ze. Ze vroeg of ze meneer Rossi even kon spreken. Ze had een hand in de zak van haar jurk. Meneer Rossi liep met haar mee naar de keuken. We hoorden Adriana opgewonden praten in het dialect van het eiland. Toen de commissaris weer naar buiten kwam, zei hij dat hij Prue graag wilde spreken.

De commissaris en Prue stapten naar buiten, in de zon op de patio. De commissaris zei iets. We zagen Prue nee schudden. Hij voelde in zijn zak, trok zijn vuist te voorschijn en vouwde hem open. Een paar stukjes papier dwarrelden naar de vloer. Hij bukte zich om ze op te rapen. De commissaris vroeg Prue iets anders en Prue begon aan een lange uitleg waarbij ze theatrale armgebaren maakte en nu en dan even de manchet van de commissaris aanraakte. De commissaris knikte. Ik dacht dat ik haar hoorde zeggen: 'Nee.' Op een gegeven ogenblik draaide ze zich om en wees naar mij, dacht ik.

'Wat denk je dat er aan de hand is?' vroeg vader.

'Ze lijkt erg overstuur,' zei moeder.

'O zo gevoelig,' zei meneer Ashton, die uit zijn kamer was gekomen.

Vader en moeder keken elkaar vluchtig aan. Dit bijvoeglijk naamwoord had niet slechter gekozen kunnen zijn om mevrouw Ashton te beschrijven.

Toen Prue weer aan tafel kwam, deden we allemaal of we niets hadden gezien. Ik keek naar beneden en veegde kruimels in de geborduurde randen van het tafelkleed.

Prue nam uitgebreid de tijd om haar rok te fatsoeneren voor ze ging zitten.

'Ik zou nu graag Helen even willen spreken,' zei meneer Rossi.

'Helen?' vroeg moeder.

'Werkelijk?' zei vader.

Ik stond op. Ik voelde ieders ogen in mijn rug toen ik de kamer uitliep. Ik zou net door de deur naar de patio stappen toen ik Prue hoorde zeggen: 'Je had het recht niet om mijn prullenmand te doorzoeken.' Meneer Rossi draaide zich om.

Prue stond nu oog in oog met Adriana, die net uit de keuken was gekomen.

'Ik heb gewoon gedaan wat volgens mij het beste was,' zei Adriana.

'Ja, zal wel,' zei Prue, en mompelde nog iets.

'Ik begrijp niet waar u het over hebt,' zei Adriana. 'Maar zo'n toon hoeft u niet tegen mij aan te slaan.'

Meneer Ashton stond op en legde zijn arm om Prues schouders. 'Neem haar alstublieft niet kwalijk. Ze is erg overstuur.' Hij trok haar weg.

'We zijn allemaal erg overstuur,' zei Adriana, terwijl ze haar schort oprolde.

'Ja,' zei moeder.

'Precies,' zei vader.

Meneer Rossi stapte naar buiten. Ik liep mee en hield onmiddellijk een hand boven mijn ogen tegen de zon. Het licht was zo sterk en overweldigend dat alle verschillende bloemen tot één soort leken samen te smelten. Mijn adem stokte.

Zonlicht weerkaatste op meneer Rossi's kale hoofd. Hij liep langzaam, met zijn handen verstrengeld op zijn rug. Ik keek naar de manier waarop zijn schaduw over die van de bomen schoof. Ik liep sleepvoetend, om Lea's plastic sandalen niet kwijt te raken. Om de zoveel tijd wierp ik een blik over mijn schouder naar de villa, de paarse bougainville lag als een waterval over het dak.

Plotseling bleef hij in de schaduw van een boom staan. 'Meneer Petrinelli zegt dat hij Lea met iemand door zijn tuin heeft zien lopen.'

'Niet met mij,' zei ik ten slotte. 'Misschien heeft hij haar met Carla of Prue gezien.'

'Wie is Carla?' vroeg meneer Rossi.

'Adriana's nichtje,' zei ik.

'Waarom mevrouw Ashton?'

'Weet ik niet,' zei ik. 'Ze hadden ruzie.'

'Ruzie?' vroeg hij.

Ik dikte het wat aan en zei dat ik Prue Lea over de pier had zien duwen. Lea was bijna in zee gevallen, zei ik.

Ik had het idee dat als Prue Lea niet zo wreed had afgewezen, zij niet geprobeerd zou hebben een ontmoeting te regelen die, dat wist ik zeker, geen andere bedoeling kan hebben gehad dan het weer bij te leggen.

'En hoe zit het met dat briefje?' vroeg meneer Rossi.

'Dat kreeg ik van Lea om aan Prue te geven,' zei ik. 'Ik heb het in haar mandje gestopt, maar pas heel laat en ze heeft het niet gezien.'

Toen vroeg meneer Rossi waarom Lea het schilderij van meneer Peters had verbrand.

'Dat weet ik niet.'

'Mocht ze meneer Peters niet?'

'In het begin wel.'

'In het begin?'

'Vóór Prue.'

'Wat is er gebeurd?'

'Weet ik niet,' zei ik, en in gedachten zag ik moeder en meneer Peters samen op de bank liggen.

'Vond Lea de Ashtons aardig?'

'O ja,' zei ik. 'Vooral Prue, maar toen kregen ze ruzie en – bij de picknick, en toen wilde ze... – maar meneer Ashton mocht ze niet.'

'Zo,' zei hij, 'en waarom was dat, denk je?'

'Ze zei dat hij een saaie pief was en rechtser dan Djengis Khan,' zei ik.

Hij legde zijn hand op mijn schouder en samen beklommen we het pad naar de schaduw onder de veranda. Hij wees naar een van de geel met witte klapstoelen. Ik ging zitten. Hij ging de villa in en kwam weer naar buiten met zijn bordeauxrode aktetas, die hij op zijn knieën liet balanceren. Hij trok verticale en vervolgens horizontale lijnen in zijn notitieboekje. Ik dacht dat ik een van de grote mensen door de glazen deur zag turen, maar door de weerspiegeling van het zonlicht op het glas zag ik niet meer dan de vage omtrek van een gezicht.

'Heb je Lea nog met iemand anders zien praten behalve de jongeman op het strand?' vroeg hij.

'Nee,' zei ik, blij een waar antwoord te kunnen geven.

Uit zijn aktetas haalde hij een paar zwartwitfoto's. 'Vertel me maar eens of je iemand herkent,' zei hij.

Vol toewijding bekeek ik de foto's.

'We zijn wel klaar, ga maar,' zei hij. 'Ik moet met meneer Ashton praten.'

Even later voegde ik me weer bij vader, moeder en Prue, die nog steeds rond de eettafel zaten. We zagen meneer Ashton plaatsnemen op mijn stoel op de patio. Hij zei iets, haalde een sigaar te voorschijn en stak hem op, en ondertussen ging meneer Rossi door met strepen trekken in zijn notitieboekje. Even later stelde meneer Rossi meneer Ashton een vraag, en hij gaf antwoord terwijl hij haastig zijn sigaar uitmaakte, zonder hem te hebben opgerookt. Meneer Rossi schudde zijn hoofd en stond op. Meneer Ashton volgde zijn voorbeeld.

We deden allemaal alsof we niet merkten dat ze door de woonkamer liepen, maar zodra ze buiten waren, gingen we naar de keuken en zagen meneer Ashton in de auto van meneer Rossi stappen. Ik zag Adriana op meneer Ashtons raampje tikken en vervolgens iets zeggen. 'Ik ben benieuwd wat ze nog meer zal verzinnen,' zei Prue.

'Waarom zou die Rossi hém nou willen ondervragen?' vroeg vader.

'Ja,' zei moeder, 'dat vraag ik me ook af.'

'Ik heb geen flauw idee,' zei Prue, en liep de keuken uit.

Ik liep achter haar aan door de schemerige gang. Ik had gedacht dat ze de deur van haar slaapkamer achter zich dicht zou trekken, maar ze liet hem op een kier staan. Toen ik naar binnen gluurde, zat ze met haar gezicht in haar handen voor de spiegel. Ze begon verschrikkelijk te kreunen, ik schrok ervan. In mijn schrik duwde ik de deur verder open en zag mezelf in haar spiegel op het moment dat ze haar handen van haar gezicht nam. 'Ga weg, ga weg,' riep ze.

Ik holde terug over de gang naar mijn kamer en kroop weg in Lea's bed. De lakens roken nog naar haar. Ik trok ze om me heen, zo strak als ik kon.

Een tijdje later werden vader, moeder en Prue op het politiebureau ontboden. Ik bracht een hele poos door aan een vaste tafel in een van de logeerkamers, starend door een raam met uitzicht op een muurtje, de verrichtingen van een gele slak over de ruit volgend. Ik vroeg me af hoe hij zijn weg vond, of hij gewoon maar wat voortgleed tot hij zijn neus stootte of dat hij zich door zijn voelsprieten liet leiden. Boven het muurtje uit bloeiden oranje en gele bloemen. Een fluorescerende hagedis, zo vlug als water, schoot over de stenen en verdween.

Ik voelde een hand op mijn schouder, draaide me om en zag Adriana, die me bij het raam wegtrok. Ze nam me mee naar de keuken, waar een groot bord spaghetti met tomaten en basilicum voor me klaarstond. Ze ging zitten, zette een elleboog op tafel, en terwijl ze toekeek hoe ik mijn bord leeg-at, vertelde ze me een verhaal dat ik nog niet eerder had gehoord. Op de zesentwintigste mei van het jaar 1208, zei ze, verscheen Maria aan een man die niet kon praten. 'Roep alle mensen van het dorp bij elkaar,' zei ze. Terug in het dorp deed de man zijn mond open om zijn dorpsgenoten over Maria te vertellen en merkte tot zijn verbazing dat hij kon praten. De dorpelingen haastten zich naar het strand, waar ze een beeld van Maria met kind zagen. Ze gaven het een plaats in de dorpskerk, maar meteen de volgende dag bleek het beeld weer verdwenen en lag er een simpele olijftak op de plek waar het had gestaan. Ze zochten de hele dag en de hele nacht, tot een van de dorpelingen het beeld ten slotte aantrof in een olijfboom, maar nu voorzien van een bord met het opschrift: *NOLI ME TOLLERE* – haal mij hier niet weg. De dorpelingen bouwden een kerk rondom hun Maria met kind.

Ik vroeg Adriana nog een wonderverhaal te vertellen, maar de telefoon ging. Ik zwierf wat door de villa, die de laatste uren zelfs nog warmer was geworden; de bloemen die Adriana had neergezet, hingen slap en de kelkblaadjes vielen stuk voor stuk af. Het was mooi dat mijn gangen niet beperkt werden nu de Ashtons op het politiebureau zaten. Ik werd als vanzelf naar hun kamer getrokken.

Afgezien van een dunne lichtstreep dwars over hun roze sprei was het donker in de kamer. Het blauwe pillendoosje dat Lea had gepikt, stond nu te midden van de andere pillendoosjes boven op de ladekast. Net als het lichtgroene bakje van jade. Alles zat onder een laagje fijn okerkleurig stof en zelfs zand was tot hier doorgedrongen en lag te glinsteren in de hoeken van de kamer, naast de schuifdeur. Ik trok een la open, voelde met één aarzelende vinger aan Prues zijden ondergoed; de geur van Prues zware parfum kwam me tegemoet en deed me denken aan hoe oude dames roken. Ik vond de foto van de honden waar Lea het over had gehad. Het waren inderdaad net varkens. Ze stonden op een rijtje voor een zwembad en hadden ieder een andere kleur halsband om. Ik vroeg me af welke hond verdronken was.

Voorzichtig legde ik de foto terug, sloot de la, opende een volgende en vond de sokken van meneer Ashton. Anders dan vaders sokken, de ene in de andere gevouwen, lagen deze opgerold in paren in concentrische cirkels, op een manier die ik nog nooit had gezien en sindsdien ook nooit meer. Midden in zo'n opgerold paar zag ik iets glinsteren. Ik trok het eruit: Lea's gouden horloge. Zodra ik me realiseerde wat het was, liet ik het uit mijn vingers vallen. Ik sloeg de la met een klap dicht en schoot de kamer uit.

Ik rende de gang door naar mijn slaapkamer, waar Adriana nu in haar bijbel zat te lezen. 'Ah, daar ben je,' zei ze. Ze had de zware houten blinden opengedaan, de onvermijdelijke hitte voor lief nemend. Ik ging aan haar voeten liggen en keek hoe de zon zich langzaam verplaatste over de tegelvloer.

Ik zag het gouden horloge in die opgerolde sok steeds maar voor me.

Ik had de grote mensen niet door de gang horen komen. Prues stem deed me schrikken. 'Waarschijnlijk wist hij het al.'

'Maar het heeft niets met het onderzoek te maken,' zei moeder.

'Iedereen weet het,' zei Prue.

Ik dacht dat ze niet wisten dat wij er waren en dus stond ik op en zei met luider stem: 'Hallo.' Maar het scheen ze niet te deren.

'Ik begrijp niet waarom...' zei moeder.

Adriana sloeg haar bijbel dicht en pakte mijn hand. Ze vroeg of ik zin had in een spelletje *scala quaranta*, maar dat had ik niet, waarop ze een *passeggiata* door de tuin voorstelde. Het was te heet. Ik ging op mijn bed zitten en zij kwam naast me. Haar voeten reikten niet tot de vloer, net als de mijne.

'Dit hebben we al eens eerder besproken,' zei Prue.

'Maar waarom voelde je je verplicht om erover te praten,' vroeg moeder.

'Wat maakt het uit?' zei Prue.

'Voor mij maakt het uit. Voor mij maakt het uit,' zei moeder.

'Als ik al iets had verwacht, dan toch tenminste dat je blij zou zijn. Nu is-ie van die verdenkingen af. Daarvoor leek het net alsof hij geobsedeerd was door Lea. Trouwens, ik weet zeker dat hij het de commissaris zelf ook heeft verteld. Hij is niet bepaald wat je noemt discreet...'

Ik begreep dat ze het over meneer Peters en moeder hadden.

Adriana wees naar een verdwaalde rode kat voor het raam van mijn kamer. Ik had hem nog niet eerder gezien. Ze vertelde me dat ze ooit een kat had gehad, vóór haar trouwen. 'Hij heette Mimi,' zei ze. Ze had hem zo genoemd zonder te weten dat het een mannetje was. Toen ze dat in de gaten kreeg, was het te laat. De naam was ingesleten. Ze vertelde dat ze hem had gevonden bij de vuilnisemmers. Dat hij helemaal wit was, op zijn zwarte sokjes na. Maar het allervreemdste aan hem was dat hij het niet erg vond om aan de riem te moeten lopen, net een hond, zei ze. Elke avond nam ze hem mee op hun *passeggiata*. Iedereen kende haar en haar witte kat. Ze liet me weten dat ze die dag eerder weg moest in verband met het verlovingsfeestje van een nichtje.

Ik weet nog dat ik over het pad rende – de tegels als hete strijkijzers onder mijn voeten – en onder de boog door stapte om nog een laatste blik op te vangen van haar auto terwijl ze de hoek omsloeg. De zon hing recht boven me en mijn kruin stond in brand, en toch bleef ik staan. Ik staarde naar de lage struiken in de zinderende hitte, snoof de geur op van aarde en stenen, tot mijn ogen de felle gloed niet langer verdroegen.

In de villa trof ik vader aan voor het raam in de woonkamer. Hij keek uit over de tuin. Maar aan de manier waarop hij daar stond, met die lege blik, zag ik dat hij de tuin niet zag. Ik liep naar hem toe, maar hij keek me aan alsof hij verbaasd was dat ik bestond. Moeder zat op de bank. Ik legde mijn hand op haar rug en zij nam mijn hand in de hare en drukte er een kus op, maar haastte zich toen de kamer uit. Ik ging met mijn buik over het glazen koffietafeltje liggen. Omdat het wieltjes had kon je ermee door de woonkamer manoeuvreren. Ik keek door het glas naar de rode tegels. Ik telde er tweeënvijftig van de ene kant naar de andere.

15

De volgende dag was het zelfs nog warmer. Adriana, die stipt om kwart voor tien binnenkwam, zei dat ze zich niet kon herinneren dat het ooit zo heet was geweest op het eiland. '*Un inferno,*' zei ze, en stelde voor samen een wandelingetje te gaan maken terwijl de grote mensen naar het politiebureau gingen. Die ochtend waren de Ashtons niet aan het ontbijt verschenen, en daar was ik blij om, want ik vond het verschrikkelijk om met meneer Ashton te eten en te moeten toezien hoe hij het vruchtvlees uit zijn versgeperste sinaasappelsap lepelde en op een schoteltje klopte, waar het binnen de kortste keren vliegen aantrok. Soms bleef zijn mond half openhangen en zag ik zijn tong. Moeder had iets gezegd over dat meneer Ashton urenlang was ondervraagd op het bureau. Vader merkte op dat hij wou dat hij wist waar het allemaal over ging. Hij had er mevrouw Ashton naar gevraagd, maar die scheen niet veel meer te weten dan zij ook al wisten.

Tijdens onze wandeling namen Adriana en ik een ander pad. In plaats van meteen af te dalen naar het strand, gingen we eerst omhoog, over de richel waar ik me nog nooit had gewaagd. Ze hield mijn hand in de hare. Ik zag de hitte in golven opstijgen van de struiken, die ieder moment vlam leken te zullen vatten. Alles was zo stil en statisch dat het me beklemde. Adriana vertelde me over haar leven. Tijdens de oorlog waren zij, haar moeder en haar broer van de stad naar het platteland getrokken. Ze vertelde me over de vliegtuigen die overvlogen en hoe ze met haar broer, Juan Carlo, en haar moeder achter een struik was gekropen. Ze vertelde me dat haar favoriete stuk speelgoed een meisjes-Pinocchio was, wier jurk was bedorven tijdens een regenbui. Ze was een rivier overgestoken door over boten te lopen die met kop en kont aan elkaar naar de overkant waren gelegd. Ze zagen eruit als nonnen, zei ze, die boten, misschien omdat ze zwart-wit waren geverfd. En ze had violist willen worden maar haar ouders hadden geen geld en dus was ze op haar zestiende kok geworden.

De schaduw van een boom hield ik voor Lea's schaduw. Ik bleef staan. 'Wat is er?' vroeg ze.

'Niks,' zei ik.

Op het strand zag ik een meisje met blond haar. Mijn hart begon sneller te kloppen, maar toen ze zich omdraaide leek ze totaal niet op Lea.

Ik wilde niet zwemmen, dus gingen we in de schaduw zitten kijken hoe anderen zwommen, onder hun parasols lagen, zich insmeerden met zonnebrand, lazen, lachten en kletsen.

Adriana probeerde me af te leiden met een verhaal over de gouden hangertjes aan de gouden ketting om haar hals. Ze legde uit dat ze de hangertjes aan haar grootmoeders ring had laten solderen, die haar te groot was. Het ene was een Christoffel, de beschermheilige van de reizigers, het andere stelde Jezus en Maria voor.

Ik wilde niet weg van het strand. Ik sleepte mijn voeten de heuvel op. Toen de villa in zicht kwam, werd ik stil. Adriana moest de volgende dag op ziekenbezoek bij een familielid, maar ze beloofde om de dag erna terug te komen.

Terwijl ik over de patio voor de keuken slenterde en de afgevallen hibiscusbloemen opraapte en in mijn rok verzamelde, deed ik alsof de bloemen nonnen waren en allemaal een naam hadden: zuster Magdalena, zuster Sophia en zuster Claire. Ik legde ze zorgvuldig uit over de tegels. Een strenge non was de baas over ze.

Ik ging zo op in mijn spel dat ik de grote mensen niet de keuken had horen binnenkomen.

Ik hoorde moeder zeggen: 'Ik wou alleen…'

'Maar…' zei Prue.

'Meneer Rossi wilde weten…' zei moeder. Ze klonk bang, maar Prue klonk boos.

'Als jij denkt–' zei Prue.

'Ik weet zo langzamerhand niet meer wat ik moet denken,' zei moeder. 'Ik wil haar gewoon terug.' Ze staarde door het raam. Ze zag niet dat ik op de vloer van de patio zat.

'Helen,' riep ze. Ik was blij een spoortje van bezorgdheid in haar stem te horen. 'Hier ben ik,' zei ik, terwijl ik de keuken inrende. Moeder stelde voor om vroeg te eten. Moeder en ik waren de enigen van onze familie die dol waren op een gekookt eitje. We sneden geroosterde boterhammen in smalle reepjes die ik van moeder in mijn dooier mocht dopen. Ze vertelde me een verhaal, iets wat ze in lange tijd niet had gedaan, over een prinses die al haar vrijers afwees. Ik klom bij haar op schoot en liet mijn vingers door haar haren glijden.

Die avond begonnen de grote mensen opnieuw op elkaar te vitten. Eerst ging het over kleine dingetjes. De Ashtons waren vergeten de buitenlampen uit te doen. 'Ja, wat dacht je, zij krijgen de rekening niet,' zei vader. Moeder zei dat de Ashtons toch op z'n minst een fles wijn hadden kunnen kopen of een paar pakken spaghetti, in plaats van dat ene zuinige pak voor die avond.

'Ach ja, wat doe je eraan,' zei vader.

'Niks,' zei moeder.

'Het zijn jouw vrienden,' zei hij.

'Jij hebt ze uitgenodigd,' zei zij.

En zoals gewoonlijk verschenen de Ashtons te laat aan tafel.

Toen Prue ging zitten, verontschuldigde ze zich voor hun getreuzel.

Vader haalde zijn schouders op en nam een royale portie spaghetti. Moeder schepte Prue en meneer Ashton op.

Ik deed of ik mijn pop voerde.

Toen zei vader: 'Ik heb het wel zo ongeveer gehad met jullie.'

Prue veegde met een traag gebaar haar lippen af aan haar servet.

'Zo zeg,' zei ze.

'Lieverd,' moeder legde haar hand op vaders arm.

'Laat me met rust,' zei hij. Hij schoof zijn stoel met een vaart naar achteren en stond op. 'Jullie gaan als de sodemieter mijn huis uit.'

'Zoals je wilt,' zei meneer Ashton, terwijl hij zijn vlinderstrik fatsoeneerde.

'Wat is hier aan de hánd?' vroeg Prue.

'Kom mee, schat,' zei meneer Ashton, maar Prue bleef zitten.

'Eruit,' riep vader.

'Als we konden, dan gingen we, heus, geloof me maar,' zei Prue. 'Maar vanwege het onderzoek–'

'Jullie moeten op het eiland zijn en echt niet speciaal hier,' zei vader.

'Maar we kunnen ons met geen mogelijkheid veroorloven om–' zei Prue.

'Dat is dan jullie probleem,' zei vader. 'Voor mijn part slapen jullie op het strand.'

Ik twijfel er niet aan dat de Ashtons op dat moment zouden zijn vertrokken, als er niet was aangeklopt. Bob, de man van de beroemde schilderes Daphne, stond op de stoep. Hij vroeg zich af of we niet bij hen naar het nieuws wilden komen kijken. Er was een extra uitzending over de ontvoering aangekondigd. 'Dit had hij ons op z'n minst even kunnen laten weten,' zei vader, doelend op meneer Rossi. 'Misschien wist hij er niets van,' zei moeder. 'Laten we gaan. Kom.' De Ashtons bleven besluiteloos bij de tafel staan, zich afvragend of de uitnodiging ook hen gold. Uiteindelijk gingen ze mee. Hoezeer met tegenzin ook, door Lea's verdwijning zaten we allemaal in hetzelfde schuitje.

De kamer was bijzonder donker. De luiken waren gesloten en de wanden waren bekleed met donker hout. Het enige licht was dat van de televisie. De Ashtons installeerden zich op een brede bank in een hoek van de kamer. Alles wat ik van hen zag waren hun silhouetten. Prue droeg een zilveren broche die fonkelde. Ik zat naast moeder terwijl vader tegen de muur leunde. Hij rookte de ene sigaret na de andere. De ontvangst was slecht en Bob stond om de paar tellen op om aan de antenne te friemelen, waarna hij zich omstandig excuseerde. Daphne zat te haken. Op een gegeven ogenblik dacht ik dat ik iemand, hun zoon misschien, door een van de blinden naar binnen zag kijken.

De nieuwslezeres stond een hele poos stil bij de gevaren van het waterskiën. Het afgelopen jaar was het aantal ongelukken explosief gestegen. Twee weken geleden nog, was er een meisje verdronken. Helemaal op het laatst begon ze over de ontvoering van een jonge Amerikaanse op 9 juli op het Cervostrand, een van de populairste stranden van het eiland, waar iedereen naartoe trekt vanwege de betrekkelijke beschutting tegen de wind, hoewel er juist die dag geen zuchtje wind had gestaan. Ironisch, vond de nieuwslezeres het. Ze scheen bijzonder dol op dat woord, en vader nam haar op de hak door *ironico* te zeggen, telkens nadat zij het had gebruikt. Maar zijn grappenmakerij had iets gespannens, waaruit ik, jong als ik was, opmaakte dat hij het niet echt grappig vond. Onvermijdelijk gingen de gedachten uit naar een geval van ontvoering eerder deze zomer, op het strand van Romazzino, en plein public, ging de nieuwslezeres verder. Maar in dit geval was er niemand die iets had gezien. We zijn echter zo gelukkig geweest, zei ze, een exclusief interview vast te leggen met twee mensen die dit drama van nabij hebben kunnen volgen: meneer Peters, een intieme vriend van de familie, en een zekere signore Dellini.

'Stel je nou toch voor!' zei Prue.

'Ongelooflijk,' zei vader. 'Ik ben bang dat dit één grote tijdsverspilling wordt.'

'Die journalisten van tegenwoordig!' zei Bob. 'Het spijt me verschrikkelijk.'

'Sst,' deed Prue.

Het eerste beeld was van meneer Peters die voor een van zijn schilderijen stond: een wenteltrap met een naar beneden rennende vrouw. Hij droeg een lichtblauw shirt dat ik nog niet van hem kende en dezelfde das die hij had gedragen op de avond dat meneer Ashton hem op zijn neus had geslagen. Hij sprak Engels en een tolk vertaalde. 'U bent goed bevriend met de Dashleys,' zei de nieuwslezeres.

'Dat kun je wel zeggen,' zei meneer Peters. Toen hij de vraag kreeg of hij enig licht op de ontvoering kon werpen, beklaagde meneer Peters zich over de manier waarop hij door de politie was behandeld. Hij was juist met een uiterst belangrijk project bezig geweest.

'Staat-ie toch nog een keer in de schijnwerpers,' zei Prue.

'Zielig,' zei vader.

Welke vraag er ook kwam, meneer Peters wist hem feilloos op zichzelf te betrekken. Toen de nieuwslezeres hem vroeg naar zijn vriendschap met Lea, of ze vaak was komen kijken terwijl hij schilderde, zei hij: 'Ja, ze was een groot bewonderaar van mijn werk.' Meneer Peters had zelfs een paar kleine doekjes meegenomen naar de studio, die hij per se wilde laten zien tijdens het interview. Op de vraag of hij enig idee had wie de ontvoerders van Lea konden zijn, antwoordde meneer Peters: 'Was dat maar waar.'

Hij bleef maar herhalen: 'Een pracht van een jonge meid. Net als haar moeder. Tragisch, tragisch.' De nieuwslezeres zei dat ze had begrepen dat hij op geen enkel moment een verdachte was geweest in deze zaak. 'Dat klopt,' zei hij.

'U bent gearresteerd geweest wegens openbare dronkenschap,' zei ze.

'Ach, zo zou ik het niet willen noemen. Dat is een beetje overdreven gesteld,' zei hij. 'Ik was gewoon bezig een leuke avond te hebben. En ik heb beloofd alles tot op de laatste cent te vergoeden. Ik heb zelfs nog een van mijn schilderijen aangeboden bij wijze van betaling.'

Daarna werd er een mevrouw geïnterviewd die ik nog nooit had gezien, een zekere mevrouw Dellini. Ook zij had overduidelijk de nodige aandacht besteed aan haar outfit. Ze ging gekleed in meerdere lagen zwart. Om haar hals hing een gouden kruis. De camera zoomde in op haar voeten, alsof de cameraman de opdracht had gekregen haar nieuwe schoenen te filmen. Toen kroop de camera omhoog naar haar gezicht.

Ze keek streng en haar uitdrukking was in schril contrast met die van meneer Peters, die niets deed dan glimlachen. De nieuwslezeres sloeg een andere toon aan. Ze vroeg of zij enig licht kon werpen op de ontvoering. De oude vrouw herschikte zorgvuldig haar kanten hoofddoek.

Ze wees met een vinger naar de nieuwslezeres. 'U zou beter moeten weten dan iemand als meneer hier te interviewen.' Ze ging geringschattend verder over journalisten en de media in het algemeen. Ten slotte snoerde de nieuwslezeres haar de mond. Ze lieten foto's van onze villa zien. De nieuwslezeres zei dat het gerucht ging dat we onmetelijk rijk waren en gelieerd aan de Aga Khan.

'Stelletje malloten,' zei vader, die zich mateloos opwond. 'Als ze nu nog met losgeld komen, dan kan het alleen maar een idioot bedrag worden.'

Het programma werd onderbroken om aan te kondigen dat een andere ontvoering zojuist een gelukkige afloop had gekregen. Een meisje dat 's ochtends was meegenomen, was nog diezelfde middag ongedeerd weer bij haar ouders afgeleverd. Ze toonden beelden van het glimlachende meisje met haar ouders, die hun armen om haar heen hadden geslagen.

Moeder begon te huilen.

Vader zette de tv uit. Bob en Daphne verontschuldigden zich in alle toonaarden. Dit hadden ze niet kunnen vermoeden.

We gingen terug naar de villa, in ganzenpas: vader, ik, moeder, meneer Ashton en Prue. De zon wierp een rode gloed over zee, en de paarse bougainville op het dak stond in lichterlaaie. Het was avond, maar ik had een gevoel alsof het ergens in de middag was. De tegels waren nog steeds warm onder mijn voeten. De zee in de diepte was spiegelglad en leek een roze meer. Ik herinnerde me Lea's opschepperij dat ook zij over de zee kon lopen. Ik geloofde haar, tot ze van een rotspunt sprong en kopje-onder ging. Schaterlachend kwam ze weer boven. In de stilte dacht ik dat ik de echo van haar lach hoorde.

Niemand zei een woord over de nieuwsuitzending. Iedereen ging snel naar zijn eigen kamer. Ik sliep aan het voeteneind van het bed van mijn ouders.

16

De volgende dag was er enige opwinding. Meneer Ashton moest opnieuw op het bureau verschijnen. Moeder zei dat ze te doen had met de Ashtons. Vader zei dat hij geen greintje medelijden met ze had. Ik werd niet warm of koud van zijn benarde positie. Toen kwam de commissaris langs, met een agent. Hij zei dat ze de kamer van de Ashtons moesten doorzoeken. Ik weet nog dat ik me afvroeg of ze Lea's gouden horloge zouden ontdekken en weigerde enig causaal verband te zien: het feit dat ik Lea's horloge in meneer Ashtons la had gevonden, betekende niet dat hij schuldig was. Ik weigerde in te zien dat meneer Ashton mogelijkerwijs betrokken was bij Lea's verdwijning. Al mijn aandacht werd opgeslokt door de hitte, het gevoel dat het nooit meer overging. Mijn hoofd klopte en ik was opnieuw bang dat ik een zonnesteek had.

'Ik vraag me af wat meneer Rossi in hun kamer hoopt te vinden,' zei moeder.

'Wie zal het zeggen,' zei vader.

Toen meneer Rossi van hun kamer terugkwam, liet hij niet meteen weten waarom ze het nodig hadden gevonden om hun spullen te doorzoeken. In plaats daarvan verdeed hij zijn tijd met zich te verontschuldigen voor de speciale nieuwsuitzending. Hij was er niet van op de hoogte gebracht.

Hij vond het erg onverstandig. Maar wat mevrouw Dellini en meneer Peters hadden onthuld, had geen enkel effect op het onderzoek. Daar moesten we maar blij om zijn. Vervelender waren de geruchten over onze grote rijkdom en verwantschap met de Aga Khan.

Toen zei hij: 'Misschien is het beter als de kleine hier niet bij is.'

Adriana stapte de keuken uit en vroeg of ik haar gezelschap kwam houden. Ze had juist een cake gebakken en de zoete geur vulde langzaam het hele huis, waardoor ik Lea alleen nog maar meer miste. Ze was dol op zoete dingen en als onze ouders haar hadden laten begaan, had ze uitsluitend toetjes gegeten. Ik gaf haar altijd dat van mij. Adriana maakte ook verse pasta, onze lievelingspasta, gnocchi, maar ik wilde haar niet helpen met het in vorm kneden van het deeg. Ze vroeg zelfs of ik een verhaal wilde horen over een van mijn favoriete figuren van het eiland, Eleonora d'Arborea, maar ik luisterde alleen naar het begin van haar verhaal, iets over een man die peren stal uit een boom. Ik stond in de deuropening.

Ik hoorde meneer Rossi zeggen: 'Er zijn meerdere klachten ingediend tegen de Ashtons.'

'Wat voor soort klachten?' vroeg vader.

Meneer Rossi zei dat de manager van hotel Romazzino er een had ingediend wegens aanstootgevend gedrag en naaktloperij.

'Ach, die manager kennen we,' zei vader. 'Weet je nog? Dat is die man die klaagde dat Lea geen bikinibovenstukje aanhad. Als dat alles is–'

De telefoon ging. De commissaris nam op en zei: 'Rossi.' Door de telefoon praatte hij een stuk langzamer, klonk af en toe zelfs sarcastisch. Uiteindelijk legde hij de hoorn neer. Hij verontschuldigde zich bij vader en moeder. Hij was begonnen te zeggen dat de Ashtons niet helemaal eerlijk waren geweest over de gebeurtenissen op de dag dat Lea was ontvoerd. Een vrouw verklaarde de Ashtons met Lea te hebben zien praten, kort voor het tijdstip van haar verdwijning. Iets wat ze tot nu toe hadden ontkend. Kennelijk had men ze tussen half vijf en vijf het pad van het Cervostrand naar het Piccolo Pevero af zien lopen. De vrouw die hen had gezien, was erg bijziend. Die dag had ze haar bril vergeten. Lea was de vrouw voorbij gerend en pas gestopt toen ze de Ashtons bereikte. Ze hadden hun weg vervolgd en Lea was met hen opgelopen, achterwaarts. De vrouw had haar gezicht niet kunnen zien. Ze had maar een paar flarden opgevangen van een gesprek dat ze niet kon verstaan. Zelfs als ze het hele gesprek had gehoord, dan zou dat niets hebben uitgemaakt omdat ze geen Engels verstond. Wel herinnerde ze zich dat Lea keer op keer het woordje '*why*' had gezegd. Mevrouw Ashton schudde voortdurend haar hoofd. De vrouw had *buongiorno* gezegd toen ze de Ashtons en Lea passeerde, maar ze hadden niet teruggegroet. Ze had haar weg over het pad vervolgd en af en toe achteromgekeken om te zien of ze nog steeds liepen te ruziën. Ze had zich afgevraagd waarom Lea zo overstuur was. Ze had het echtpaar uit elkaar zien gaan. Mevrouw Ashton was alleen doorgelopen over het pad, en meneer Ashton was achter Lea aan gegaan, een andere route nemend, over een pad dat van de zee wegvoerde. De vrouw had niet eerder van zich laten horen omdat ze in een klein dorpje woonde en zelden een krant zag. Ze had pas die dag van de ontvoering vernomen.

Opnieuw werd de commissaris onderbroken door een telefoontje. Hij zei dat hij er zo aankwam.

'Wat is er?' vroeg moeder.

'Wat zeiden ze?' vroeg vader.

'Hebben ze haar gevonden?' vroeg moeder.

'Nee,' zei meneer Rossi. 'Maar ik moet er meteen vandoor. Zodra ik iets weet, zal ik het u laten weten.'

'Geloof jij in die mogelijkheid?' vroeg moeder aan vader. 'Dat zij op de een of andere manier verantwoordelijk zijn?'

'Ik weet het niet,' zei vader. 'Maar wat ik wel weet is dat ze geen minuut langer hier blijven.'

'Waarom hebben ze gelogen?'

'Misschien uit angst,' zei vader. 'Stom.'

'Waarom zouden ze zoiets doen? Waarvoor?' vroeg moeder.

Ik liep op mijn tenen door de gang naar de kamer van Prue. Ze stond gebogen over een opengeslagen koffer op hun bed, haar rug naar mij toe.

'Hoe gaat het, liefje van me?' vroeg ze. Ik herinnerde me dat Lea het altijd zo leuk vond om met 'liefje van me' te worden aangesproken en vaak wist ze Prues intonatie exact te imiteren. 'Prima, liefje van me,' zei ze dan.

Toen ik geen antwoord gaf, draaide ze zich om. Ik keek strak naar haar voeten.

'Ik weet niet wat er met Lea is gebeurd,' zei ze. 'Ik hield van d'r. Ik zou haar nooit iets aan kunnen doen.' Ze ging op het bed zitten, klopte met een vlakke hand op het laken naast haar. Ik ging zitten en bleef naar de vloer staren.

'Je bent een vreemd kind,' zei ze.

Ik wist dat ze dacht: zo anders dan Lea. Ik keek haar vluchtig aan.

'Deze krijg je van me,' zei ze. Ze duwde me een pillendoosje in elke hand en vouwde mijn vingers eroverheen. 'En nu hup, wegwezen jij.'

Het mag vreemd lijken dat ik naar Prue ben gegaan. Maar terugkijkend kan ik het volkomen begrijpen. Ik had een bondgenoot gevonden in Prue.

17

De volgende ochtend waren de Ashtons verdwenen en het enige spoor dat ze achterlieten waren een paar talkpoedervlekjes naast hun bed, waar meneer Ashton zijn sokken moet hebben uitgeklopt. De rode gordijnen waren dicht. Ik ging op hun bed liggen en staarde door het raam naar de heuvels, die als wolken boven een dikke laag nevel leken te drijven.

De hemel werd lichter, maar de zon liet zich niet zien. Adriana verraste me door met alle geweld naar het strand te willen. Het was er uitgestorven; op een vergeten emmer en schepje na. Adriana vond dat ik moest gaan zwemmen. De zee was warm en er stonden hoge, maar goedmoedige golven. De eilanden in de verte kwamen nauwelijks los van de lucht. Ik heb eindeloos in de baai liggen dobberen.

Op de terugweg vertelde Adriana me over het Casa San Francesca, waar ze vroeger altijd hielp. Ze beschreef de gasten, die van heinde en ver kwamen om hun opgenomen familieleden te bezoeken.

Terwijl we het zandpad afliepen, met aan de ene kant het groen van de golfbaan en aan de andere het grijs van de *macchia*, betrok de hemel en zagen we weerlicht in de verte. Het begon te stortregenen en we zetten het op een lopen, eerst met onze handdoeken boven ons hoofd, maar die waren op slag doorweekt en dus lieten we ze maar weer zakken. Adriana wees naar een zijpad en we holden verder, over een verbrand terreintje waar geblakerde bomen zich scherp aftekenden tegen de witte achtergrond van de lucht. De grond was zwart.

Ik zie ons nog de heuvel naar de villa beklimmen terwijl Adriana me aan één hand meetrekt. Toen we langs de bougainville kwamen viel me op hoe donker die eruitzag, bijna violet.

De stroom was uitgevallen en de woonkamer was gevuld met schaduwen. Toen we binnenkwamen draaiden de grote mensen zich niet naar ons om. Ze schenen verstijfd, behalve vader. Hij schokte over zijn hele lijf maar huilde niet. Moeder stond bij het raam, de commissaris in het midden van de kamer. Plotseling zag hij er wel klein uit.

Toen draaide moeder zich om. 'Ze hebben haar gevonden.'

Adriana nam me in haar armen, maar ik voelde niets.

Ik vroeg me af wat ik moest doen. Ik had het gevoel dat vader en moeder wachtten tot ik iets deed, maar ik kon niks bedenken. Ik keek naar de punten van mijn schoenen. De roze sandalen waren zwart geworden, zaten onder het roet. Ik likte aan mijn wijsvinger, bukte me en begon een voor een de bandjes schoon te poetsen.

Toen ik opkeek stonden de grote mensen nog steeds in dezelfde houding. Ik wist dat ik iets moest voelen, maar ik voelde alleen de pijn van het niets voelen. Ik liep de tuin in, waar het regende. Ik slingerde wat rond, maar voelde toen de drang om zo ver als ik kon van de villa vandaan te rennen. Het drong maar half tot me door dat Adriana achter me aan kwam. Ik rende het pad af dat Lea en ik op onze eerste dag op het eiland hadden genomen, langs het Piccolostrand, en dan de heuvel op. Ik dacht aan het meisje dat zichzelf in brand had gestoken. Ik probeerde me voor te stellen hoe dat zou voelen. Eerst likten de vlammen aan haar voetzolen, dan aan haar benen, haar buik, haar borst en ten slotte haar haar. Ik dacht dat ik de geur van verbrand haar opsnoof.

Ik bleef staan en keek naar het Cervostrand in de diepte, naar het smalle strookje zand, naar het grijze water dat exact dezelfde kleur had als de lucht, en Adriana haalde me in. Een hele tijd bleven we in de regen staan luisterden naar het breken en terugtrekken van de golven op het strand, tot ik het ten slotte niet langer warm had maar koud en ik me omdraaide en we samen het slingerpad terugvolgden.

Die dag wilde ik niet dat Adriana naar huis ging. Ze had wel willen blijven, zei ze, maar het was de verjaardag van haar nichtje. Ik stond onder de poort en keek haar auto na tot hij in de mist verdween.

Ik herinner me de onbeduidendste details: het geluid van de regen op de tegels, de warme melk met honing, de rode kaarsen die we brandden in plaats van lampen, en die de villa zo'n andere sfeer gaven, alsof we in een vochtige donkere grot zaten; onze lakens voelden zelfs klam en koud aan. Ik herinner me dat ik een kartonnen doos vond met een spel kaarten erin. Sommige kaarten waren herkenbaar omdat er iets mee was. Lea en ik wisten allebei dat de hartenboer een hoekje miste. De schoppenvrouw had een vouw over het midden. De vorige zomer hadden we elke avond tot laat liggen kaarten bij het licht van onze zaklantaarns. Van Lea moest ik altijd mijn zakgeld inzetten, mijn lievelingspop. Als ze aan de winnende hand was gingen haar wangen gloeien. Dan begon ze te fluiten, waarop ik haar vroeg of ze daar alsjeblíéft mee op wilde houden. Als de buit binnen was, sprong ze op mijn bed op en neer tot mijn poppen, die ik zo zorgvuldig bij elkaar had gezet, op de grond vielen.

Ik speelde met mijn pop, trok haar haar groensatijnen jurkje met de geplooide kraag uit en zag voor het eerst dat de pop van laken was gemaakt. Je kon de groene en blauwe strepen zien. Haar benen waren ongelijk: het linker was korter dan het rechter. Haar armen waren even lang. Ik legde een knoop in de poppenbeentjes, dwong haar te gaan liggen en beval haar toen om op te staan. 'Je bent heel erg stout,' zei ik. Ik liet haar dansen. Ik kuste haar op de mond.

's Morgens werden de regendruppels op het raam weerspiegeld op het gezicht van mijn pop. Eerst dacht ik dat het van die weerspiegeling kwam, dat haar lippen er smoezelig uitzagen, maar toen drong het tot me door dat ik het zelf had gedaan toen ik de vorige avond een kus op haar mond had gedrukt. Ik vroeg aan moeder of ze het weer schoon wilde maken. Ze streelde met een hand over mijn haar. 'Het is niet het einde van de wereld,' zei ze.

'Maar ze is vies,' zei ik.

Ze wilde dat ik bij haar op schoot kwam zitten, maar ik zei dat ik daar te groot voor was. Ze streek de gele rok van haar jurk glad en zei: 'Je moet heel dapper zijn, lieverd.'

Ik legde de pop neer. Ik speelde met de kaarten in de doos, staarde toen naar het schilderij aan de muur. Ik had liever gehad, dacht ik, dat moeder zich de haren uit het hoofd trok en ontroostbaar jammerde, maar ze zat er rechtop en roerloos bij in haar lichtgele pakje. Ze had haar haren naar achteren in een knot. Ze had zelfs felrode lipstick op.

Moeder onthulde enkel het harde feit. De toon van haar stem irriteerde me, de manier waarop ze zei: 'Je begrijpt het toch wel, lieverd. Ze komt nooit meer terug. Begrijp je dat, lieverd?' Ze zal zich niet goed raad hebben geweten met mijn gebrek aan respons.

Ze ging naar de tuin en ik liep achter haar aan.

We maakten een rondje om de villa, van de ene glazen deur naar de andere, als een paar insluipers. We keken naar binnen in de kamer van de Ashtons.

Ondanks de wind en het zand, was de roze oleander ver in het pad gegroeid. Moeder moest hem terugduwen om erlangs te kunnen.

Ik deed niet anders dan mijn speeksel wegslikken. Ik wou dat ik kon overgeven, maar dat ging niet. We stonden net binnen de gordijnen van haar slaapkamer. Vader lag op zijn buik met een arm gebogen onder zijn hoofd. Hij snurkte. De dokter had hem iets kalmerends voorgeschreven.

In de woonkamer serveerde Adriana thee.

'Waarom gaat u niet zitten,' zei ze tegen moeder.

'Dank je,' zei moeder. Ze ging zitten, maar op het randje van haar stoel en met haar knieën stijf tegen elkaar.

'U hebt Helen nog,' zei Adriana. Ze legde een hand op mijn schouder.

'Ja,' zei moeder.

Maar ze staarde voor zich uit naar de eilanden in de verte. De zee was diepblauw. De witte zeilen leken tegen het water geplakt. Na een poosje verliet ze de kamer.

'Helenina,' zei Adriana, 'ik heb iets voor je meegenomen wat je vast leuk zult vinden.'

Ze haalde een zwart koffertje te voorschijn, dat ik heel even voor een geweerkoffer hield. Ze klapte het open, pakte er een viool uit en legde hem heel voorzichtig op mijn knieën. Ze overhandigde me de strijkstok. Ik hield de strijkstok onbeholpen vast, wist niet wat ermee te doen.

'Dankjewel,' zei ik.

'Geef maar es hier,' zei ze. 'Ik kan niet meer zo spelen als vroeger, maar stemmen zal me nog wel lukken.'

Ik keek toe hoe ze de snaren aandraaide, de strijkstok over

de ene na de andere snaar liet gaan en toen een vrolijk melodietje speelde. Zonlicht danste over het hout, maar ik voelde alleen verdriet. Ik streek met mijn hand over de blauwfluwelen voering van de kist. Ik wachtte tot Adriana klaar was.

18

De omstandigheden van Lea's dood kwamen stukje bij beetje aan het licht. Het is niet gemakkelijk voor me om de volgorde te reconstrueren waarin ik de details te weten kwam. Soms weet ik niet meer van wie ik wat heb vernomen. Ik begrijp deze hapering. Een tijdlang heb ik het me niet willen herinneren.

Vader kon niet anders dan er steeds maar weer over beginnen.

'Zou het iemand van het eiland zijn geweest?' vroeg hij. 'Ik kan er niet bij dat het–'

'Ik weet het niet,' zei moeder.

'Als het een eilander was geweest, dan hadden ze wel om losgeld gevraagd.'

'Ach, wat doet het er nu nog toe?'

Soms was het vader die over Lea begon. Soms was het moeder. 'Waarom? Waarom toch? Het ging niet eens om geld. Ik begrijp het niet,' zei ze, terwijl ze bloemen in een vaas zette. 'Als de mensen nou maar eens ophielden met bloemen te sturen...'

Adriana kwam naar haar toe en legde een arm om haar schouder.

De villa begon er langzamerhand uit te zien als een aula.

In elke kamer stonden bloemen en overal lagen kransen. Er waren honderden brieven gekomen. Elke dag kwam er een *carabiniere* om de kaarten mee te nemen, want wie weet leverde het een aanwijzing op. Op een ochtend vond ik een doos met gekleurde oliekrijtjes op de stoep voor de voordeur. Op een heel klein stukje bruin pakpapier had meneer Peters geschreven: *Hallo. Dacht dat je deze wel leuk zou vinden. Het allerbeste*. Ik zag hem voor me, aan het werk, hoe hij zijn arm gestrekt voor zich uit hield, eerst zijn ene oog dichtkneep en dan het andere, naar het doek toe stapte en er weer van af.

Af en toe kregen we bezoek van de commissaris. Ik herinner me één bezoek in het bijzonder.

Vader kwam uit zijn kamer, rode ogen, opgezet gezicht. 'Nog steeds niets?' vroeg hij.

'Ik ben bang van niet. Een magere aanwijzing. Niet veel om mee verder te gaan.'

De commissaris legde zijn hand op mijn schouder.

'En hoe gaat het met jou?'

'Oké,' zei ik.

Ik liep met hem mee de tuin in. De lucht was wit. De tuin was gehuld in mist. De eilandjes en de zee waren verdwenen. Alleen van de golfbaan was hier en daar een stukje zichtbaar.

'Als het bewolkt is,' zei ik, 'gaan alle kleuren weg.'

'Je hebt gelijk,' zei hij, en bleef staan, zodat ik naast hem kon komen.

We volgden het slingerpad door het benedenstuk van de tuin, waar de eucalyptussen stonden. Ik klom op het stenen muurtje dat uitzicht gaf over de tuin van meneer Petrinelli.

Mistflarden trokken tussen de pijnbomen door. Ik meende dat ik de echo van Lea's stem hoorde zeggen: 'Je bent een zeurkous.' De hemel werd grijs. Een waterdruppel spatte uiteen op mijn voorhoofd. In de verte hoorde ik de sproeiers.

'Het is niet jouw schuld,' zei hij.

Het verbaasde me dat hij wist dat ik daarmee rondliep, maar zijn woorden brachten me geen troost. Hij kende de hele waarheid niet.

Op dit moment kwam vader te voorschijn. Hij zag er totaal anders uit dan voor Lea's ontvoering. Hij was opgehouden met zich te scheren. Hij droeg geen sokken in zijn schoenen. Hij zag er een beetje uit als meneer Peters.

'Kunt u me al iets meer vertellen?' vroeg hij.

Meneer Rossi schudde zijn hoofd.

'Vertel me dan ten minste waar ze haar hebben gevonden. Waarom is de plaats niet vrijgegeven?' vroeg vader.

'We wilden geen horden mensen in het gebied,' zei meneer Rossi. 'Maar ik kan het u ook eigenlijk wel vertellen nu. We hebben haar gevonden in een *nuraghe*, een paar kilometer hiervandaan.' Hij wees in de richting van het golfterrein. Het regende nog steeds.

'Een *nuraghe*,' zei vader.

'U weet wel–'

'Ja, ik weet wat het is. Ze wilde altijd... maar hoe kwam ze daar? Was dat waar... hoe lang heeft... ik moet het weten. Dat zult u toch wel begrijpen?' Op dit punt greep vader meneer Rossi bij de arm. Meneer Rossi fluisterde iets in zijn oor. De regen viel ruisend op de bladeren.

Meneer Rossi klapte zijn paraplu open en hield zijn arm recht omhoog om vader droog te houden. Maar vader leek zich niet bewust van dit vriendelijke gebaar en stapte onder de paraplu vandaan; de punt van een balein schampte zijn voorhoofd. Hij haastte zich omhoog over de treden.

Ik klauterde van het muurtje af terwijl de commissaris stond te wachten. Samen beklommen we het pad naar de villa. De regen kwam met bakken neer. Overal vormden zich felle waterstroompjes die de *amanti del sole* losrukten uit de grond, een stukje meesleurden en vervolgens in de modder achterlieten.

19

De ene grijze dag volgde op de andere. Het geluid van vallend water op ons pannendak duurde ononderbroken voort. Adriana kwam trouw elke dag. Ze kookte en vertelde me verhalen. Terwijl ik eerder die zomer genoegen nam met elk willekeurig verhaal over het eiland, drong ik nu aan op verhalen over wonderen of zoete wraak. Mijn favoriete wonderverhaal ging over een vrouwelijke strijder, Attila Pomptila, die samen met haar man, Cassio Filippo, naar Bella Terra was verbannen. Cassio Filippo was ernstig ziek en zou doodgaan, maar Attila was bereid haar leven aan de goden te offeren. De goden verhoorden haar gebeden en redden zijn leven, maar namen het hare. Ik vond het leuk om de scène na te spelen met Adriana's nichtje, Carla. Zij moest altijd Cassio spelen en ik deed Attila. Of soms was ik ook Eleonora d'Arborea, die een man voor straf zijn benen liet afhakken in plaats van zijn handen, omdat hij peren uit een boom had gestolen.

Adriana vertelde me ook verhalen uit de Bijbel, maar ze viel me nooit lastig met haar geloof. Ik was opgegroeid zonder geloof. Moeder had ons een tijdje op zondagsschool gedaan, maar Lea en ik vroegen of we er alsjeblieft weer af mochten, want we vonden het doodsaai. Vader vond het ook zonde van de tijd.

Hoe mijn ouders erbij kwamen om Lea een kerkelijke begrafenis te geven, weet ik niet. Misschien hoopten ze dat een kerkelijke begrafenis hun het gevoel van afsluiting zou geven waar ze zo naar verlangden. Of misschien voelden ze zich onder druk gezet door de diepreligieuze sentimenten van de eilanders, bijna allemaal katholiek, hoewel ik dit laatste betwijfel omdat vader zich niet gemakkelijk tot iets laat dwingen. Of misschien had moeder het zo geregeld.

Het hele eiland leek te zijn uitgelopen voor Lea's begrafenis. De kleine kerk, opgetrokken uit witte en rode stenen, was te klein om iedereen binnen te laten. Een menigte verzamelde zich rondom het gebouwtje. De deuren bleven open. Het was een prachtige dag, ongeveer zoals de dag dat Lea was verdwenen. De hemel was stralend blauw en alles schitterde. Het eiland was ongekend groen. De bloemen oogverblindend.

De eilanders waren in het zwart. De vrouwen droegen zelfs gehaakte zwarte netjes over hun haar. De toeristen hadden een poging gedaan om in het zwart te verschijnen, maar die was maar gedeeltelijk geslaagd. Meneer Peters kwam in het marineblauwe pak dat hij ook tijdens zijn televisieoptreden had gedragen, alleen zat het nu onder de verfspatten. Hij zong uit volle borst mee, vals, en de tranen stroomden over zijn wangen.

Ook de Ashtons gaven acte de présence. Prue droeg een marineblauw pakje, haar man een beige kostuum. Ze zaten opgepropt tussen de eilanders in de achterste bank. Ik veronderstel dat men ze had gevraagd het eiland niet te verlaten. Af en toe dacht ik dat ik meneer Ashton zijn keel hoorde schrapen. Vader was helemaal in het zwart. Hij stak op z'n minst een kop boven alle eilanders uit. Hij zag lijkbleek, op een rode vlek bij zijn oor na.

Adriana, die niet in haar bijbel hoefde te kijken omdat ze de psalmen uit haar hoofd kende, had haar arm om mij heen geslagen. Ik hield ook moeders hand vast. Om de zoveel tijd trok ze haar hand los om de tranen van haar gezicht te vegen.

Naarmate de mis vorderde, liep de temperatuur in de kerk op. Vrouwen wapperden met hun waaiers, wat een geluid als regen maakte. Maar toen we naar buiten stapten stond de zon te stralen als nooit tevoren. In de verte schitterden de daken. De gouden handgrepen aan de kist glansden. Vader droeg een hoek van de kist. Hij was zo'n stuk groter dan de eilanders dat de kist gevaarlijk naar een kant overhelde. Ik was bang dat hij uit hun handen zou glijden. Het kerkhof lag vlak bij de kerk, maar aan de wandeling erheen leek geen einde te komen. De gemeente bewoog zich heel erg traag over de onverharde weg. De lucht om ons heen vulde zich met opwervelend stof. Helemaal achteraan liep de commissaris. We hadden niet gedacht dat hij zou komen. Hij liep met gebogen hoofd, zijn blik op zijn schoenen.

Ik was me intens van mezelf bewust, bewust van mijn onontkoombare rol als hoofdpersoon, ook al had ik er een grondige hekel aan om de aandacht te trekken. Ik voelde de heimelijke blikken van de eilanders. Ik was blij dat Adriana er was. Ik was niet van plan haar hand los te laten, of die van moeder. Ik hing aan hun armen, zowel op de heen- als op de terugweg. Mijn nieuwe zwarte lakleren schoenen schuurden. Om de zoveel passen hield ik in om aan de hakken te trekken of om te proberen mijn voeten verder naar voren in de schoen te krijgen. Ten slotte trok ik mijn schoenen en sokken uit en ging op blote voeten verder.

Wat me opviel waren de vogels die op het kerkhof rondvlogen. Ze hadden lichtoranje, haast roze veren. Ze konden pas op de plaats maken; ze lieten hun vleugels spinnen, hingen stil in de lucht alsof ze gevangen waren in een onzichtbaar net.

Toen ze de kist lieten zakken, begonnen de oude vrouwen luid te jammeren. Mijn blik werd gegrepen door het haar van een van die vrouwen. Het zag er onecht uit en ik vroeg me af of het een pruik was, want het leek precies op de wollige plukken die je overal in weilanden zag liggen. De mensenmenigte stroomde langzaam toe, en schapen graasden bedaard. Lammeren mekkerden, riepen elkaar over en weer. Het geblaat klonk in alle toonaarden, hoog en laag, en nu en dan was het net gekreun. Ik herinnerde me dat Lea ze soms nadeed en hoe we moesten lachen als de schapen antwoord gaven.

Thuis stopte moeder me in bed. Ze kwam naast me zitten en hield mijn hand vast. 'We moeten blijven geloven,' zei ze, meer tegen zichzelf dan tegen mij. Ik bleef maar denken aan de laatste keer dat ik Lea had gezien: de zon in haar haren, dat huppeltje, haar springerige schaduw naast haar.

De dingen die ik voelde hadden hun weerslag op de grote mensen. Af en toe begonnen er uitingen van spijt te komen. Ik herinner me dat moeder zei: 'En dan te bedenken dat ik me geen zorgen maakte toen ze zoek raakte op dat strand!' Vader haastte zich om haar gerust te stellen, misschien uit angst dat het ondraaglijk zou worden als wij allemaal met bekentenissen kwamen.

Vader was bijna nooit thuis. Hij schuimde het eiland af in zijn jeep, alsof hij Lea nog steeds dacht te kunnen vinden, en kwam thuis met zijn haar stijf overeind van het stof en een rood hoofd van de hitte. Moeder kreeg meer aandacht voor mij, alsof ze haar falen met Lea probeerde goed te maken. Maar dit was bijna nog erger dan vaders afwijzing. Ze had me verschillende keren gevraagd of ik een schoolbord wilde. Daar had ik maanden om lopen zeuren, maar nu kon het me niet meer schelen. Ik bracht mijn tijd zoet met het inplakken van religieuze plaatjes die ik uit de tijdschriften knipte die Adriana voor me meenam. Ik vergaapte me aan de plaatjes van heiligen, al dat roze en goud. Maar ik geloofde niet in God.

Moeder was degene die het geloof omarmde. Ze begon 's ochtends naar de kerk te gaan. Ze liep rond met een bijbel en een rozenkrans. Als ik er niet was geweest, zei ze, zou ze het klooster in zijn gegaan. Ze was van plan katholiek te worden.

En voor één keer waren vader en moeder het over iets eens: de noodzaak om Lea's dood te gedenken. Ze hadden het over een immens mausoleum van roze marmer waarbij alle graven op het kerkhof in het niet zouden vallen.

Toen ik op een dag thuiskwam van mijn wandeling met Adriana, vond ik Lea's zonnebril op mijn nachtkastje. Heel even was ik in alle staten – Lea was terug. Maar toen realiseerde ik me dat Adriana Lea's bril had gevonden en had gedacht dat hij van mij was. Nu nog, na al die jaren, bewaar ik hem in de la van mijn nachtkastje. Hij ziet er niet meer overdreven groot uit, maar roept nog steeds het beeld bij mij op van Lea's gezicht tegen het vuile raampje in de taxi, op die eerste dag van onze laatste zomer op het eiland.

20

We bleven hangen op het eiland, ik vermoed omdat mijn ouders moeite hadden de omgeving van Lea's verdwijning achter zich te laten. Door weg te gaan zouden ze erkennen dat er een hoofdstuk was afgesloten, of misschien was het juist andersom en bleven ze hangen in de hoop op een betere afsluiting. Ze hoopten dat het onderzoek zou leiden tot de arrestatie van de dader.

De details van de zaak werden me onthouden. Ik ben ervan overtuigd dat mijn ouders dachten dat het geen zin had om me feiten te vertellen die me alleen nog maar meer van streek zouden maken. Adriana bewaarde alle krantenartikelen in net zo'n soort album als ze al eens eerder had aangelegd. Ze zei dat ze het voor me bewaarde tot ik volwassen was.

We bleven de hele maand augustus en tot half september op het eiland. Tegen die tijd waren de meeste toeristen vertrokken; het gerucht ging dat zelfs meneer Peters was teruggekeerd naar de Verenigde Staten. De begrafenisondernemer was de enige persoon die bleef. Elke middag kwam hij langs en liet een exemplaar van de *International Herald Tribune* op onze stoep achter, maar vader liet de krant onaangeroerd liggen en na een paar weken hield hij ermee op. Onze dagen werden door zo weinig gebeurtenissen onderbroken dat ik zelfs zijn korte bezoekjes ging missen. Met plezier stond ik door het keukenraam toe te kijken hoe de kolossale zwarte lijkwagen voor de boog naar onze villa stopte, waarna de begrafenisondernemer op zijn tenen tot halverwege de voordeur liep, de krant met een boog op de stoep slingerde en abrupt omkeerde.

Het gebied rondom onze villa was nu verlaten en de huizen waren afgesloten tot de volgende zomer. 's Avonds bleven we verstoken van het geluid van stemmen en gelach dat uit naburige villa's kwam overwaaien. En zonder de lichtjes uit die huizen leek het extra donker. Zelfs de wind meed ons. Vader kwam het huis niet meer uit. Hij wilde niet dat er iemand binnenkwam of vertrok. Hij stond niet toe dat Adriana's man, Michelino, de tuin kwam doen. 'Wat koop ik ervoor? Wat mij betreft gaat de hele boel naar de bliksem!' zei hij. Alleen moeder en Adriana negeerden zijn verordening; Adriana om tijd met mij door te brengen en voor ons te koken, en moeder voor haar dagelijkse gang naar een kerk in de buurt.

Ik zou niet verbaasd zijn geweest als we altijd zo door waren gegaan. Maar op een ochtend kondigde vader plotseling aan dat we naar huis gingen. Haastig pakten we onze spullen en alles wat niet in onze koffers paste, moest achterblijven.

Soms probeer ik de langzame aftakeling van onze villa voor me te zien, weken, maanden na ons vertrek; de kruimels op de vuile vaat die is blijven staan, een colonne mieren van de vloer naar de tafel. Het laagje fijne okeren stof over het blauwe meubilair en na verloop van tijd het traag binnendringende zand dat als diamantgruis ligt te glinsteren op de rode tegelvloer. Misschien wel een gekko. Zelfs al hadden we gewild, dan hadden we het grootste deel van het meubilair niet mee kunnen nemen, het was onverplaatsbaar, gehouwen, immers, uit de steen van het eiland.

Toen bedacht ik dat Adriana dit nooit zou hebben laten gebeuren. Misschien had ze in haar eigen huis een plekje gevonden voor de paarlemoeren lichtschakelaars, de glazen lamp met de roze schelpjes, de lakens die vader in Genua had gekocht en de spreien die bij de gordijnen kleurden. Ik voelde me blij bij de gedachte dat onze spullen zich geleidelijk aan tussen de hare hadden genesteld.

De ochtend van ons vertrek bracht Michelino ons in de grote jeep naar het vliegveld. Ik zat voorin, ingeklemd tussen hem en Adriana. Ik wist dat dit de laatste keer was dat ik Bella Terra zou zien. Ik weet nog dat ik me euforisch voelde in die jeep. Ik had het idee dat ik meer zag dan er was. In de verte viel me een bijzonder hoge berg op en ik vroeg me af of het de berg was die was beklommen door de herder die achter een adelaarsjong aan zat, en die in de diepte was gestort, zijn dood tegemoet. Adriana had me verteld dat de eilanders geloofden dat de zielen van gedoemden zich in een kloof van de berg herenigden.

Vader zei: 'Stel je voor hoe het eiland er eeuwen geleden moet hebben uitgezien, voor het werd overspoeld door buitenlanders.'

Ik zag het eiland voor me tijdens zijn ontstaan, toen het 450 miljoen jaar geleden oprees uit de oceaan. In mijn gedachten was het rijkelijk begroeid met bomen. Ik kon niet geloven dat we Lea er achterlieten. Ze lag niet in het pompeuze graf van roze marmer dat vader en moeder voor haar hadden uitgekozen. Ik stelde me liever voor dat ze ergens in het transparante water of de azuren lucht was. Ik was blij dat ik voor ons vertrek nog snel haar naam op de lege granieten plaat had geschreven waar de naam van onze villa nu voor altijd afwezig zou blijven.

Toen Adriana me bij het afscheid stevig in haar armen nam en mijn voeten loskwamen van de grond, fluisterde ze in mijn oor dat ze weer zwanger was. Ze zou me op de hoogte houden. Acht maanden later kreeg ik een geboortekaartje. Een meisje: Paola, zeven pond en twee ons.

In de loop der jaren onderhield Adriana het contact door me foto's van Paola's belangrijke gebeurtenissen te sturen: haar doop, haar eerste schooldag en haar eerste communie. Toen het album met een chronologisch overzicht van de gebeurtenissen van die zomer in de bus viel was ik zeventien en wilde niets liever dan alles vergeten. Ik zou er misschien nooit meer een blik in hebben geworpen als Adriana me niet nog een krantenknipsel had gestuurd dat voorzien was van een foto.

Onmiddellijk herkende ik het gezicht van meneer Ashton. Het zwarte plakhaar met de zijscheiding. Het enige verschil zat hem in de rimpels op zijn voorhoofd en rond zijn ogen. Heel ongewoon in dit soort zaken, maar hij was eindelijk aangehouden. Meneer en mevrouw Ashton hadden in het Hotel del Sol gelogeerd, op Corsica. Hij had toegegeven verschillende meisjes te hebben lastiggevallen, maar ontkend er ooit een te hebben 'pijngedaan'. Maar toen ik Adriana's album erop nasloeg, kwam ik artikelen tegen waarin stond dat Lea was gewurgd en dat er as in haar haar was gevonden. Ik twijfelde er niet aan dat hij het had gedaan.

Uit de vrijgegeven informatie en mijn eigen verborgen kennis vormde ik me een beeld van wat er met Lea was gebeurd. Eerst was het beeld vaag, maar langzamerhand werd het scherper.

Ze loopt door de tuin van meneer Petrinelli, haar witte jurk licht hel op in de zon, steekt af tegen het groen van de pijnbomen. Langs de stammen glinsteren harsdruppels. Ze blijft staan om de geur op te snuiven en gaat in de schaduw zitten. Ze plukt dode dennennaalden uit de grond en laat ze weer vallen, als zand. Af en toe werpt ze een blik achterom naar het pad, dat wit is in het zonlicht. Ze stelt zich Prue voor in haar zijden badjas met de draak die goud vanbuiten is maar paars aan de binnenkant. Ze denkt dat ze Prue haar naam hoort roepen. Als ze een geruis van bladeren hoort, draait ze zich om, maar het is slechts een bruine vogel die opfladdert en dan uit het zicht glijdt. De toppen van de struiken gaan heen en weer, maar er staat geen zuchtje wind. De hitte schept een illusie van beweging.

De zon kruipt langs de hemel en ten slotte is het duidelijk dichter bij vieren dan bij drieën. Daarvoor hoeft ze niet op haar horloge te kijken. Ze had al nooit een horloge nodig om te weten hoe laat het was. Ze rent de heuvel af, langs de hibiscusstruiken en de golfbaan. Ze rent als een haas het Piccolo Pevero over, via die strook zand waar de gele netels staan, en beklimt dan de heuvel. De vrouw op het pad valt haar niet op. In de verte ziet ze de Ashtons, slenterend, arm in arm. Ze wacht tot ze haar bereiken. Ze staat recht voor hen, op de strook helmgras die het pad in tweeën deelt. 'Waarom ben je niet gekomen?' vraagt ze aan Prue.

'Waar?' vraagt Prue.

'Waarom niet?' vraagt ze.

'Ik begrijp je niet,' zegt Prue. 'Waar had ik–'

'Ik–' zegt ze.

'Maar wat doet het ertoe?' zegt Prue. 'Ik ben er nu.' Ze strekt haar armen uit alsof ze Lea naar zich toe wil trekken.

Maar Lea rent een zijpad in. Ze moet haar ogen half dichtknijpen tegen de zon. Licht weerkaatst van de bruine struiken met hun taaie bladeren en hoewel het na vieren is doet het aan als een uur of twaalf. Hitte stijgt op van de grond. Pas als ze buiten adem raakt, blijft ze staan. In de verte ziet ze de gele daken van de witte golfkarretjes op de golfbaan, die ondanks wind en zand groen gehouden wordt.

Ze peutert aan een klis in de zoom van haar jurk, die in haar knie prikt. Haar benen zitten onder de schrammen, maar ze heeft geen pijn gevoeld. Als ze een geluid hoort, draait ze zich om. Ze verwacht Prue te zien, maar hij is het. Meneer Ashton. Hij draagt een witte korte broek en een wit tennisshirt, leren schoenen. Net voor hij bij haar is, laat ze de zoom van haar jurk los. Ze kan de klis er niet uit krijgen. Ze holt verder. 'Waar ga je zo snel naartoe?' roept hij haar na. 'Naar huis,' zegt ze, maar ze gaat langzamer lopen want ze wil niet dat hij denkt dat ze zo'n verschrikkelijke haast heeft.

'Wou je een *nuraghe* zien? Weet je wat dat voor dingen zijn?'

'Natuurlijk,' zegt ze. Ze houdt een hand boven haar ogen.

'Het is niet ver,' zegt hij. 'Het is eigenlijk gewoon op weg naar huis.'

'Hoe ver is het?'

'Vlakbij.'

Zijn witte tennisshirt is tot boven toe dichtgeknoopt. Het ziet er benauwd uit. Hij slaat een smal pad in. Ze volgt hem. Hij loopt met snelle korte passen. Ze ziet de lichtvlekken op een van de donkerbruine struiken die over het pad hangen. De geur van mirte is overweldigend. Van tijd tot tijd blijft ze staan om nog een klis uit haar jurk te trekken. 'Zijn we er al bijna?' vraagt ze, terwijl ze vluchtig achteromkijkt naar het strand en het fonkelende turkooizen water. De zon spiegelt op het water en op de een of andere manier stelt het oogverblindende licht haar gerust. Ze kan de parasols op het strand goed onderscheiden. Maar ze wou dat ze haar hoed of ten minste haar zonnebril had meegenomen. Ze weet niet meer waar ze die heeft achtergelaten. Ze overweegt om terug te keren, een excuus te verzinnen. Maar meneer Ashton houdt zijn pas in. Hij vraagt haar wat ze wil worden als ze later groot is. Ze vertelt hem dat ze geen flauw idee heeft. Ze haalt haar schouders op. 'Je bent anders dan je zusje,' zegt hij. 'Zal wel,' zegt ze. Tijdens het lopen praat hij snel en soms vangt ze maar een paar woorden op van wat hij zegt. Zijn woorden blijven plakken aan zijn kin. Maar hij schijnt geen antwoord te verwachten. Hij voelt in zijn achterzak, maar zijn hand komt zonder iets weer naar boven. Hij vergeet de voering van zijn zak weer naar binnen te doen, dus die blijft naar buiten steken.

Ten slotte, na een bocht in het pad, komen ze bij een *nuraghe*. Hij is identiek aan de *nuraghe* die ze vanuit de auto zagen op de dag dat ze op het eiland aankwamen: een enorme kegelvormige steen met een stompe punt. Alleen is hij van dichtbij een stuk minder indrukwekkend; het ding lijkt kleiner en half vervallen. 'Waarom kom je hem niet even van deze kant bekijken?' vraagt hij. Ze volgt hem door het hoge gras, zich afvragend of het wel waar is dat er geen slangen op het eiland voorkomen. Zij heeft niets tegen slangen. Maar het zou typisch iets voor Helen zijn om daarover in te zitten. De andere kant van de *nuraghe* is geen haar interessanter. Er zit een spleet in de muur en aan beide kanten bloeien witte bloemetjes. Hij verdwijnt door een nauwe opening. Zij doet een stap naar voren en blijft dan, met een voet binnen en een buiten, aarzelend staan. Hij grijpt haar bij haar schouder en trekt haar naar binnen. Ze schaaft haar armen. 'Voorzichtig,' zegt ze. Hij trekt haar tegen zich aan, zijn armen stevig om haar heen. Ze verzet zich. Ze schopt tegen zijn schenen, maar zijn greep is zo stevig dat ze nauwelijks adem kan halen. 'Imbeciel,' zegt ze. Ze kan er niet bij dat hij dit doet. Dit is meneer Ashton. De man van Prue. Ze geeft het op. Ze voelt zijn adem in haar haar, ze ruikt de lucht van zijn sigaar. 'Zul je lief zijn?' vraagt hij. Door een opening in het dak valt gefilterd zonlicht. Ze kan de hemel zien. Vlekkeloos blauw. Hij laat haar los, zegt dat ze haar kleren uit moet trekken. 'Hoe kom je d'r bij?' zegt ze, en kruist haar armen voor haar borst. 'Je bent niet goed bij je hoofd.' Ze doet haar mond open om nog iets te roepen, maar dan stort hij zich op haar en duwt haar tegen de grond. Ze kan geen adem krijgen, het voelt net als de keer dat ze van haar paard viel en op haar rug terechtkwam. Hij ligt boven op haar. Ze doet haar ogen dicht. Hij kijkt haar aan en zegt: 'Nog één schreeuw en ik wurg je.' Ze voelt zich slap, probeert haar jurk over haar knieën te trekken. Hij opent de rits van zijn broek. Hij beweegt zijn hand op en neer. Hij lijkt wanhopig te worden. 'Doe je jurk uit,' zegt hij. Ze gilt en gilt, maar er is niemand in de buurt. Hij knielt naast haar neer. Zijn handen grijpen haar hals. Zijn vingers sluiten zich. Zijn gezicht valt langzaam weg tegen het donker. Iets komt met een klap op haar hoofd. De smaak van bloed vult haar mond. Ze weet dat hij naast haar staat en naar haar kijkt. Hij schuift iets van haar pols. Het horloge dat ze van haar vader had gekregen. Ze voelt de drang in zich opkomen om hem tegen te houden, maar haar arm weigert dienst. Een lichtstraal verwarmt de ene kant van haar gezicht. Ze ziet haar familie voor zich: Helen, papa en mama. Ze staan met hun rug naar de *macchia*. De hemel is roze geworden en over de zee ligt een gouden waas. De toppen van de struiken gloeien. Als vlammen.

Woord van dank

Ik ben veel dank verschuldigd aan mijn vader en moeder, die vurige bewonderaars zijn van mijn werk. Ook wil ik graag mijn beste lezers bedanken: mijn zus, Cybele, die talloze versies heeft doorgewerkt, Julie Abbruscato, Andrew Zeller, Tess Callahan James en Nicole Bokat. Dank ook aan mijn buitengewone agent Anne Edelstein en haar geweldige assistent Emilie Stewart; mijn onvermoeibare redacteur Jeanne McCulloch, zonder wie dit boek niet zou zijn wat het is geworden, en haar voortreffelijke assistenten Michelle Wildgen en Meg Storey; en als laatste maar niet de minste, mijn man, Kevin.